SV

Jörg Steiner

Ein Kirschbaum am Pazifischen Ozean

Suhrkamp

Druck: Druckhaus Nomos, Sinzheim
Printed in Germany
Erste Auflage 2008
ISBN 978-3-518-41967-0

2 3 4 – 13 12 11 10 09 08

Ein Kirschbaum am Pazifischen Ozean

I

Schon eine Woche später konnte ich mich nicht mehr daran erinnern, wie das Wetter am 20. September 1996 auf der Reise zum Flughafen gewesen war: wechselhaft vermutlich, unbeständig wie die Erinnerung selbst, die alles in Bewegung setzt.
In der Nacht zuvor hatte unsere Katze eine Viper ins Haus gebracht, und wir mußten die Schlange fangen, bevor sie in der Wärme der Wohnung aus ihrer Kältestarre erwachte.
Wir waren zu spät dran. Nervös.
In unserem Zugabteil roch es intensiv nach Waldpilzen.
Der Stein in Silvias Armband warf einen grünen Schein auf das Heft mit den Kreuzworträtseln unter ihrer Hand.
Jetzt hatten wir auf einmal viel Zeit; aber die Nervosität ging nicht weg. Das Flugzeug sollte um 13.30 Uhr starten. Flugzeit: elf Stunden. Ich hatte die Route auswendig gelernt: Zürich – Stuttgart – Amsterdam – Nordschottland – Grönland – Kanada – Las Vegas – Los Angeles; ganz so, als wäre durch die Beschwörung der Namen eine Abweichung früh genug zu erkennen, um sie korrigieren zu können, noch bevor ein Ton in der Stimme der Stewardeß an eine Warnung denken ließe und Gefahr; ein Ton, der macht,

daß nicht mehr die Stimme eines Automaten spricht, sondern ein Mensch.
»Weißt du«, sagte ich zu Silvia, »mir ist eingefallen, daß die Leute am Max-Kade-Institut nicht nur über Literatur mit mir reden möchten. Sie haben schon einige Erfahrungen gemacht mit Schweizer Autoren aus Zürich, aus der Romandie, aus dem Tessin.«
Darauf gab meine Frau eine Antwort oder hatte eine andere Frage, unentschieden, und ich dann auch wieder – und das war der Abschied; einmal mehr ganz unwirklich und mißglückt in einer unerklärlichen Verlegenheit.

Zwischen Himmel und Meer dachte ich, daß die Amerikaner von mir wohl doch auch etwas über die nachrichtenlosen Vermögen, über das Raubgold und über die an der Schweizer Grenze abgewiesenen Flüchtlinge zu erfahren wünschten. Alle namhaften Zeitungen hatten in diesem Jahr davon berichtet, und seit dem 17. August dieses Jahres wurde im Bundesbeschluß der Schweiz auf die Betonung des »Jüdischen« verzichtet und nur noch von Opfern, Raubgut und Zugehörigkeit von Personen und Organisationen zum »Dritten Reich« gesprochen.
Es war nicht auszuschließen, daß einige der Teilnehmer an dem Kurs, den ich anbieten wollte, sich der Gewalt, die Tritt faßt im Marschschritt und alles, was sich ihr in den Weg stellt, vernichtet, nur durch Flucht

und also durch den Verlust ihrer letzten Sicherheiten hatten entziehen können.

In der Schweiz wurden die Berichte der Professoren, die der Wahrheitsfindung dienen sollten, mit kollektivem Vergessen beantwortet und erledigt.

Von 1936 bis 1945 hatte ich die Geschichte der Verschonten am eigenen Leib erfahren. In den Straßen meiner Kindheit blieb von den Anfängen des Krieges nur ein Nachhall der Stimmen im Radio in Erinnerung; ein Schreien, Brüllen und Heulen.

Von allen Geschichten würde ich die allereinfachste erzählen, gelassen und ohne Aufregung: die Geschichte einer Schulklasse, in der immer dieselben zwei Schüler ausgelacht wurden, beim Ballspiel auf dem Hof, im Klassenzimmer und in der Turnhalle. Der eine hieß Georges. Nach dem Krieg zog er mit den Eltern nach Israel, ich weiß genau, in welchem Jahr, ich weiß, wie lange er mir schon fehlt in einer Kameradschaft, die aus Not entstanden ist.

An das Ausgelacht-Werden sollte man sich nicht gewöhnen.

Ich hoffe, daß er sich nie mit der Verachtung abgefunden hat, in keinem Exil und in keiner Heimat.

Und ja, ich könnte den Kursteilnehmern bestätigen, daß sich die amerikanischen Soldaten im Zweiten Weltkrieg anständig verhalten hatten. Sie würden es von mir erwarten.

Ich schlief ein, erwachte wieder und schaute durch die Wolkenpakete hindurch auf den Ozean; der Tag zog sich hin, wir folgten der Sonne.
Bei der Ankunft auf dem Internationalen Flughafen in Los Angeles war immer noch später Nachmittag. Gedehnte Zeit.
Wir wurden in eine Empfangshalle geleitet. Vor den Schaltern der Grenzbeamten hatten sich vier lange, von uniformierten Polizistinnen umkreiste und von Zurufen und Befehlen eingeschüchterte Warteschlangen gebildet, aus denen hin und wieder Leute herausgeholt und weggeführt wurden. Man kann sich vorstellen, daß Grenzbeamte aller Länder leicht zu reizen sind; Wiederholungen, bis alles eingeebnet ist. Daran dachte ich, als nach einer halben Stunde jemand »*Next*« rief, und »*Next*« war ich, und so überquerte ich den am Boden aufgemalten blauen Streifen, der die übrige Welt von Amerika trennt.
Ein Mann hinter einem Tisch winkte mich herbei, schaute mich an, lange, nahm dann ruhig meinen Paß an sich und fing an, darin zu blättern.
Ohne aufzuschauen, fragte er schließlich: »Sind Sie privat hier, junger Mann?«
»Ja«, sagte ich, »ich glaube schon; ziemlich privat.«
»Aha«, sagte er, »ich sehe, daß Sie ein Visum als Schriftsteller beantragt haben.«
»Ja«, sagte ich.
Und er: »Was schreiben Sie?«

»Bücher«, sagte ich, »Novellen, Geschichten, alles mögliche.«

»Das ist gut«, sagte er. »Wann, sagten Sie, wollen Sie wieder zurückkehren nach Europa?«

»Im Januar«, sagte ich.

»Nein«, sagte er. »Wissen Sie, ich schreibe auch; Gedichte, spanisch. Ich bin auch ein Poet. Unser Land braucht Poeten. Bleiben Sie hier bis März, das ist ein schöner Monat, der März in Los Angeles. Ich notiere es so in Ihrem Paß. Sie bleiben bis zum 17. März. Bleiben Sie! Viel Glück!«

So empfing mich Amerika an diesem hellen Herbsttag, und erst ein paar Wochen später erfuhr ich, daß alle Inhaber eines gültigen Visums eine Aufenthaltsbewilligung für sechs Monate bekommen: alle, ohne Ausnahme, stillschweigend.

Es war einfach nur Freundlichkeit, die den Beamten dazu bewogen hatte, sich mit mir zu unterhalten; es war die Einladung, mich in seinem Land wohl zu fühlen; es war als Ermutigung gedacht.

Vor der Landung, kreisend über Stadt und Meer, tiefer und tiefer, hatte mir der Sitznachbar, der auf der ganzen Reise geschlafen hatte, erklärt, daß man hellwach sein müsse, wenn man sich hier durchschlagen wolle – oder wenn man, so wie er, sich nicht nur durchschlagen, sondern etwas erreichen wolle; ein neues Leben zum Beispiel.

Er saugte an den Zähnen und sagte: »Als erstes gehen Sie in eine Buchhandlung und kaufen sich einen Stadtplan von Los Angeles und Umgebung. Haben Sie gehört? Und Umgebung. Wir sind hier mehr als vierzehn Millionen; mit Umgebung. Sie werden aber keinen passenden Stadtplan finden, es gibt Hunderte von Stadtplänen, aber es gibt keinen passenden. Sie werden ganze Bücher mit Stadtteilplänen finden. Keiner paßt. Das ist das erste, was Sie zu lernen haben. Mit einem Stadtplan können Sie diese Stadt nicht kennenlernen; jeder ist schon überholt, wenn er gedruckt wird. Sie brauchen ihn nur, um das zu begreifen.

Zweitens: Sie mieten einen Wagen, oder besser, Sie kaufen einen auf dem Hof eines Gebrauchtwagenhändlers. Sie können den Preis ein wenig herunterhandeln, aber nicht zu sehr. Mit Autos ist es hier nicht so wie bei Ihnen zu Hause, Autos sind bei uns kein Luxus, den man sich vielleicht leistet. Wer kein Auto hat, kann hier sein Leben nicht verdienen. Danach richten sich auch die Händler. Das, was Sie bekommen, ist seinen Preis wert. Wenn Sie also einen Ferrari für 8000 Dollar nehmen, müssen Sie den Verkäufer nicht mit der Frage nerven, ob das Auto unfallfrei sei. Der Preis spricht zu Ihnen, hier in Los Angeles. Spitzen Sie die Ohren, machen Sie die Augen auf. Mir scheint, entschuldigen Sie, daß Sie ein Grünschnabel sind, trotz Ihres Alters.

Da fällt mir ein: Könnte es sein, daß Sie keinen Führerschein besitzen? In diesem Fall kann ich Sie beruhigen. Sie machen den Schein hier. Das ist überhaupt kein Problem. Einfache Leute schaffen das so gut wie die Stars am Sunset Boulevard. Schwarze, Weiße, Mexikaner, Eingewanderte ohne Schulbildung, Banker, Diebe, Lahme und Blinde: Allen gibt die Behörde den Führerschein. Schwerhörige nehmen einen Freund zur Prüfung mit, der an ihrer Stelle die geflüsterten Zahlen mit lauter Stimme nachspricht. Der Experte lacht vor sich hin, drückt einen Stempel ins Formular, und schon haben Sie bestanden. Alles geht gut, bis Sie einen Unfall verursachen. Danach ist alles weg. Alles! Weg! Aus und vorbei!«

Ebenso unvermittelt, wie er seine Rede begonnen hatte, brach er sie ab, kehrte zurück in sein Schweigen und verschwand darin.

Ich hatte gespürt, wie es sich auf mich übertrug, mich hineinzog wie in eine zunehmende Kälte, und später mußte ich alle Kraft zusammennehmen, um mich und meine Koffer durch die Halle zu schleppen, bis zum Ausgang, bis durchs Tor hindurch. Dann, beim Gehen, fand ich endlich wieder zu mir, in einem leichten Schwindel nach dem Schwächeanfall.

Auf dem Vorplatz kam eine junge Frau auf mich zu. Sie entdeckte mich sofort unter den Reisenden, die geschäftig hin und her rannten, nach Angehörigen Ausschau hielten, Taxis herbeiwinkten.

Mit einer knappen Bewegung reichte sie mir die Hand, sagte ihren Namen: Mirjam.
Sie stellte sich vor als Assistentin des Gastgebers, Professor Renato Sieberg. Er würde mich später am Abend in dem Hotel, zu dem sie mich jetzt brachte, abholen und vermutlich bei Sonnenuntergang zum Essen im zwölften Stockwerk eines Restaurants an der Ocean Avenue einladen.
Sie war eine gute Fahrerin. Ihre konzentrierte Ruhe tat mir wohl.
Nur beiläufig erklärte sie, daß sie an der Universität ihr Abschlußexamen mache. Die Arbeit für den Professor gehöre dazu. Sie würde mich begleiten zu den Treffen im Max-Kade-Institut und in Long Beach. Sie freue sich auf die Lesungen, auf die Gespräche mit den Teilnehmern, auf das Seminar mit mir, dem Swiss Writer-in-Residence.
An der University of Southern California, sagte sie, würden immer noch einige europäische Sprachen gelehrt, es würden Sänger und Theologen ausgebildet, aber auch Regisseure und Schauspieler. Aber die große Aufmerksamkeit gelte zur Zeit Asien und vor allem Japan. Amerikaner seien empfänglich für Wunder, auch wenn es nur Wirtschaftswunder seien.

II

Das Hotel Cal Mar war wie ein mexikanisches Anwesen um einen Innenhof herum gebaut worden. An weiß gestrichenen Masten neben den Garageboxen flatterten, straff im Wind, die Fahnen vieler Länder. Auf dem Flachdach gingen Arbeiter in weißen Overalls hin und her.

Ein Erdbeben hatte nicht nur auf dem Dach, sondern auch auf dem Innenhof, den Gehwegen und den Treppen Risse und Verwerfungen hinterlassen, geringere Schäden jedoch als am Hochhaus gegenüber, das nicht mehr bewohnt schien und mit leeren Fensterhöhlen daran erinnerte, daß bei einem schweren Beben ein großer Teil Santa Monicas im Meer versinken würde.

Cal Mar, Hotel, Suites, Küchen, geheiztes Schwimmbad, California Avenue, Santa Monica. So lautete jetzt meine Adresse für die nächsten drei Monate: provisorisch nicht nur eines möglichen Erdbebens wegen, sondern vielmehr, weil die ganze Anlage mit den drei wie flüchtig in den Boden gesteckten Fächerpalmen und den in Büschen und Papageienblumen aufblitzenden Kolibris selbst etwas Provisorisches an sich hatte.

Professor Sieberg sagte, er sei einmal seiner Frau auf einer ihrer Spazierfahrten in seinem eigenen Wagen

gefolgt und habe so zufällig dieses Hotel entdeckt. Er habe hier inzwischen schon einige Gäste der Universität untergebracht, alle seien sehr zufrieden gewesen, ja, und seine Frau habe mir auf dem Küchentisch einen Früchtekorb hingestellt. Im Kühlschrank sei eine Flasche Wein, Sauvignon Blanc, nehme er an. Sie mache das immer so, Früchte und Wein.
Ob er mit mir hinaufkommen wolle, um ein Glas Wein zu trinken, fragte ich ihn.
»Später einmal, an einem anderen Tag«, sagte er. »Jetzt aber gehen wir richtig essen. Mögen Sie Fleisch?«

Daß diese erste Begegnung seltsam gewesen sei, dachte ich am nächsten Morgen, während ich meine Koffer auf dem Sofa im Wohnzimmer auspackte: Kleider, Bücher, Papiere und meine Schreibmaschine, die zierliche Olivetti 22, die Schönheit aus Ivrea in Italien.
Fassungslos entdeckte ich, daß sie auf dem Transport zerstört worden war, mit zerbrochenen Buchstaben, nicht wiedergutzumachen. Totalschaden.
Ich wußte nicht, was ich tun sollte.
Der Verlust machte, daß ich in der Fremde angekommen war als ein Besiegter, als ein Entwaffneter, als ein Geschlagener.
Dies war ein panischer Augenblick, eine Atemnot, aus der nur das tiefste Ausatmen helfen konnte, während der Film im Kopf rückwärts lief und die Olivetti

sich auf wundersame Weise wieder zusammensetzte außerhalb der Wirklichkeit.

Und unvermittelt mit dem Einatmen dann das Aufbäumen, um sich selbst wieder zu spüren und das Nächstliegende anzupacken, sich auf den Weg ins Unbekannte zu machen, um Zigaretten, Milch und Brot zu kaufen.

Beim Gehen sah ich, daß die Behauptung, in Los Angeles könne man sich nur mit dem Auto bewegen, nicht wahr ist. Auf den Gehsteigen und Straßen, unter Palmen, Nadelbäumen und Lichtampeln gab es andere Spaziergänger, es gab Marschierer, Flaneure mit Hunden, Frauen und Kinder, Rollbrettfahrer, Streuner und Jogger.

An der Ecke zur 7. Straße stieß ich auf einen älteren Mann, der gerade dabei war, eine Kartonschachtel aus seinem Wagen zu heben. Ich hielt ihm die Tür auf und fragte ihn, ob es in der Nähe eine Einkaufsmöglichkeit gebe. Sorgfältig stellte er den Karton zwischen uns ab, machte ein paar rasche Schritte von mir weg, blieb stehen, kam langsam zurück und sagte: »Mein Name ist Frank. Wie heißen Sie?«

»Jörg«, sagte ich.

»York«, sagte er, »gut, gut. Brauchst du Geld, York? Einen Dollar vielleicht?« – und er streckte seine Hand aus mit einem Geldschein zwischen Daumen und Zeigefinger. Seine Stimme klang verschwörerisch; aber erst nach weiteren Fragen entschied er sich, distanzierter jetzt und mißtrauisch, mir zu antworten: Ja, es gebe an der Wilshire Avenue, am Lincoln Park vorbei, am Ende dieser Straße einen Seven-Eleven-Laden, ein kleines Einkaufszentrum, »für Kreditkarteninhaber«, fügte er bei und ließ mich stehen.

Ich sah an mir herunter: graue Hose, Wildlederschuhe. Ich trug eine Jacke und ein schwarzes Hemd; so angezogen, hatte ich auch schon an einer Hochzeit teilgenommen und einen Geburtstag gefeiert. Was also ließ den ersten Einheimischen, mit dem ich sprach, annehmen, er habe es mit einem Bettler zu tun? Die Frisur vielleicht (das Wort paßt nicht zu mir), die Zigarette in der Hand, die fremdartige Sprechweise? Oder doch einfach nur die Tatsache, daß ich zu Fuß unterwegs war, um Lebensmittel einzukaufen, was vermutlich ganz unüblich war, in einer Stadt, in der allein der Preis den Wert der Dinge ausmacht, wie der Mann im Flugzeug gesagt hatte?

Wie unterschied sich die amerikanische Naivität von der europäischen?

Ich mußte aufpassen, daß die Frage nicht zu einer fixen Idee wurde. Er, der Sitznachbar, hatte mir seine Adresse im Gedächtnispark der Veteranen in Culver City gegeben. Die Namen suggerierten mir eine Sehnsucht auf Vorrat, die ihm unbekannt war.

An diesem Morgen lernte ich, wie er geraten hatte, die Stadt ohne Stadtplan kennen, die Tüte mit Eßwaren im Arm, mit der Wilshire Avenue als Rückzugslinie, um den Weg nach Hause zu finden in das Hotel mit dem beschädigten Innenhof, der von einem Ereignis zeugte, das vor der Gegenwart geschehen war.

Um elf Uhr brach die Sonne durch den Nebel: ein schönes, körperhaftes Spätsommerlicht. Ein von Efeu überwachsener Dinosaurier aus Eisendraht bewachte die verkehrsfreie Promenade in der 3. Straße. Vor einem wohl gerade erst eröffneten Lokal stand ein Polizist. Zwischen den Stühlen und Tischen auf dem Gehsteig eilte eine Kellnerin hin und her. Sie lief nicht, sie rannte nicht, sie hatte sich eine sportliche Gangart ausgesucht; sie war Geherin.

Sie hatte gesehen, daß ich vor der ausgehängten Speisekarte stehengeblieben war, und kam auf mich zu: »Toast mit Butter 1.95 Dollar«, sagte sie, »Kaffee und Zucker und Fruchtsaft inbegriffen, okay, bis um halb zwölf. Ich bin Studentin, verdiene mein Studium selbst, Stundenlohn vier Dollar fünfzig, fünfzehn Prozent Trinkgeld sind üblich.«

Sie hatte mich sogleich als festen Kunden gewonnen. Das Lokal hieß Prager's Restaurant & Ice Cream Parlor. The best Non-Fat Ice Cream in the World.

Der Besitzer sei Wolfgang Prager, sagte sie. Er sei mit seinem Bruder eben erst in die 3. Straße gezogen und habe das Haus umgebaut.

Prager: Den Namen hatte ich einmal an einem Gasthof in Graz gesehen.

Als hätte die Kellnerin meine Gedanken gelesen, sagte sie: »Kommen Sie vielleicht auch aus Österreich?«

Es war nicht schwer, sich in diesem Teil des südwestlichen Los Angeles zurechtzufinden, die kleinen Wege zu gehen auf den Straßen Arizona, Colorado, auf der Promenade zum Zeitungskiosk, zum Markt, zur Post, zur American Express Filiale.

In der 3. Straße gab es auch ein Woolworth-Kaufhaus mit einer Papeterie-Abteilung. Nach Schreibmaschinen, sagte dort einer der Verkäufer, sollte ich mich besser drüben in der Buchhandlung erkundigen.

Die Buchhandlung Barnes & Noble hatte nichts Romantisches, nichts Labyrinthisches oder Verträumtes, sie glich keiner der Buchhandlungen, die wir zu Hause aufsuchen, mit blinden Scheiben an der Eingangstür, mit dem Geruch von Staub und Papier und feuchtem Mauerwerk und mit bis zur Decke reichenden Büchergestellen, aus denen sich, wenn wir geduldig sind, ein graues Männchen löst, herbeischlurft und nach unseren Wünschen fragt.

Hier thronte in ihrem ganzen Glanz über der Ebenholztheke die gewaltige Kaffeebatterie, die Kassen klingelten fröhlich, die neuesten Zeitschriften gingen von Hand zu Hand, und die Bücher, die im Frühjahr erschienen waren, standen jetzt bereits in der Abteilung des Modernen Antiquariats.

Es war aussichtslos, sich nach einer Schreibmaschine zu erkundigen bei den flinken Kassiererinnen mit den schön bemalten Lippen und den strahlenden Zähnen, die sie beim Lächeln zeigten, weiß, wie die Kalkfelsen von Rügen.

Lang hielt ich mich auch nicht in der Ecke mit den Stadtplänen auf, ich wußte ja Bescheid, und die Tüten, die ich immer noch im Arm trug, waren warm geworden und schwer.

Als ich das Hotel betrat, grüßte der Pförtner im Durchgang schon so, wie man einen alten Bekannten grüßt.

Im Innenhof spielte ein alter Mann mit einem Kind Pingpong auf dem halbrunden Platz mit Tischen und Liegestühlen zwischen den Blumeninseln. Tische mit Aschenbechern. Wenn ich von meinem Schreibtisch im Wohnzimmer aufsah, hatte ich sie im Blick. Ich redete mir ein, nicht darauf zu warten, daß sich ein Raucher hinsetzte und eine Zigarette anzündete.

Los Angeles würde nicht zu einem Mythos werden wie New York.

III

Professor Sieberg erwartete, daß ich mich den Kursteilnehmern im Max-Kade-Institut am ersten Abend mit einer Antrittsrede vorstellte.

Am Montag nachmittag schrieb ich auf ein liniertes Blatt: Den ganzen Vormittag habe ich gearbeitet. Das ist zuviel, wenn man nur einen einzigen Einfall braucht.

Lange vor mir hatte jemand festgestellt, daß das Schreiben von Hand etwas anderes ist als das Schreiben mit den Fingern. Das war eine Behauptung, es hätte ein Anfang sein können, es ging ja nur darum, einen Anfang zu finden.

Der Abend im Hotel war ein Raum voller Stimmen und Töne; voller Geschichten, dachte ich. Ich muß mit Geschichten anfangen, wenn ich eine Rede halten soll; ich will erzählen, nicht reden.

Die halbe Nacht saß ich am Schreibtisch, dann, am frühen Dienstag morgen entschloß ich mich, alles liegenzulassen und spazierenzugehen auf einem weiten Gang nach Süden, zum Pazifischen Ozean.

Der Wind zischte in den Palmwedeln auf dem Gehsteig der California Avenue, die hinunterführt zum Riff und zum Palisades Park. Im feuchten Morgennebel lagen, wie Mumien in Decken, Fetzen und Plastiksäcken eingewickelt, schlafende und halbwache

Menschen, den Arm um eine Tasche gelegt oder umstellt von einer mit Schnüren befestigten Burg aus ausgemusterten Einkaufswagen: Obdachlose, Junge und Alte, dunkle Schatten, weißhäutige Männer und Frauen. Man konnte sehen, daß nicht alle Bettler waren. Man konnte sehen, daß sich einige selbst aus allen Verbindungen gelöst hatten, andere aber von der Gesellschaftszentrifuge aus ihrer Bahn geschleudert worden waren. Alle Bezeichnungen, mit denen man sie belegte, um sich von ihnen abzugrenzen, waren herabsetzend. Es gab die Ungezähmten, die auch ohne festes Dach über dem Kopf ihren Trotz und ihre Autonomie bewahrten, und es gab die Entmutigten, die der Verwahrlosung nichts mehr entgegenzusetzen hatten.

Homeless nannte man sie auch hier, im Süden Kaliforniens, wo sie sich in dem milden Klima ein wenig zu Hause fühlten.

Im Sonnenlicht, das den Nebel zerstreute, verloren Bäume, Büsche und die Liegewiesen allmählich ihren nassen Glanz. Graue, wie Eichhörnchen aussehende Ratten huschten in den Ästen herum. Ein Duft von Jasmin, tropischen Blüten und Harz erfüllte die Luft. Der Zaun, der das Gelände sichern sollte, war an manchen Stellen beschädigt, zerbrochen oder mit dem unbefestigten Grund aus Gras und Erde in die Tiefe gestürzt. Dort, zwischen Tuffsteinbrocken und Strand, zog sich der Pacific Coast Highway hin.

Eine Treppenbrücke führte hinunter zu der Bucht, dem Sand, den Betonpisten für Jogger und Rollschuhfahrer und dem ins Meer hinausgebauten Pier, der in nichts der Vorstellung entsprach, die ich mir von ihm gemacht hatte als romantischem Hafendamm: mediterran.

Alles war hier effizient und eindeutig; es war ohne Geheimnis, banal wie eine Versuchsanordnung. Neben einem Karussell stand das blau verhüllte Zelt des Cirque du Soleil. Es war unmöglich, sich zwischen den Leinwandplanen hindurchzuzwängen und in die Arena vorzudringen. Die einzigen Artisten waren die Möwen in ihrem Flug und Spiel im Wind. Ihr Gleichgewicht im Dahingleiten, im Aufsteigen und bei der Landung auf den schmalen Geländern übertrug sich, wenn man lange genug hinschaute, auf einen selbst. Sie erinnerten mich an die Kunststücke der Gaukler und Equilibristen, die ich einmal als Kind auf dem Viehmarkt der Stadt bestaunt hatte.

Das Ende des Piers gehörte den Anglern, die schweigend nebeneinanderstanden, ihre Rute auswarfen und die Fische, die nach dem Köder geschnappt hatten, aus dem Wasser zogen. Der Fang schien ihnen lästig zu sein. Hastig rissen sie den Tieren die Angel aus dem Maul und warfen sie ins Meer zurück, wo sie, ohne sich zu bewegen, zwischen den mit schwarzen Muschelbärten besetzten Stützbalken versanken.

Ich konnte es nicht verstehen. In Amerika werden

Krustentiere gegessen, auch Fisch aus Zuchtfarmen und Fisch, der auf hoher See gefangen, verarbeitet und tiefgekühlt wird. Die Angler an diesem Pier aber schienen sich nur hierher zurückgezogen zu haben, um ungestört ihren Gedanken nachzuhängen.
Daß Tausende von Amerikanern Jäger waren, fiel mir ein; daß ich aber nie Wild auf einer amerikanischen Speisekarte gefunden hatte. Die meisten waren wohl, wie Hemingway in Afrika, Pelz- und Trophäenjäger aus Abenteuerlust und Liebhaberei.

Als ich um sechs Uhr ins Hotel zurückkehrte, wartete Professor Sieberg schon auf mich. Wir tranken oben in meinem Wohnzimmer ein Glas Wein zusammen, redeten ein bißchen über Friedrich Schiller und über den Western *High Noon* von Fred Zinnemann, vergaßen die Zeit und mußten uns dann beeilen, um nicht zu spät zu dem Treffen im Institut zu kommen.
Als wir dort eintrafen, hatten sich vor dem Eingang ein paar Leute versammelt, und während wir sie begrüßten, schaute ich, zuerst wohl zufälligerweise, dann wie gebannt, immer wieder hinüber zu dem Haus auf der anderen Seite der Fahrbahn: Nichts Besonderes war zu sehen; nur das Gefühl, hier schon einmal gewesen zu sein, vor diesen geschlossenen Fensterläden hinter einer Eibenhecke, irritierte mich; es war wie ein Bild der Erinnerung.
Der Professor wollte nichts davon hören. Er sagte,

das Haus sei seit Jahren zum Verkauf ausgeschrieben, ohne Spuren von Lebenden, unbewohnbar, verwildert wie der Vorgarten.

»Komm jetzt endlich«, sagte er, »wir sind nicht Schatten in einem Drehbuch, fünfzig Leute warten auf uns.«

Von jetzt an sagten wir nicht mehr Sie zueinander. Das Du fiel mir nicht leicht; aber dann, am Vorlesepult, bedankte ich mich dafür.

»Sie haben mich als Schriftsteller eingeladen«, sagte ich, »das haben Sie jetzt davon. Sie haben einen eingeladen, der nicht über das Leben schreibt, sondern das Leben erzählt. Sie verstehen: Ich rede von Geschichten, vom Lesen und vom Schreiben. Das Leben, das sich selbst erzählt, hält die Zeit nicht an; aber das kleine Mädchen in einer erzählten Geschichte wird immer ein kleines Mädchen bleiben und in der Geschichte aufgehoben sein.«

Ich zitierte Robert Walser: »Hören Sie mir bitte hübsch sorgsam zu, ohne sich im mindesten zu beunruhigen, denn es handelt sich ja, wie ich gestehe, hier nur um ein Erzählen, durchaus nicht um das Ablegen von Wahrheiten.«

Es gab keine Reaktion auf den Namen Walser. Ich war verlegen, ich hatte das Gefühl, mich bei ihm entschuldigen zu müssen für den Mißbrauch; für die Störung, dachte ich.

Dann fiel mir auch noch eine Ferienreise ein und un-

sere Tochter Sarah, die mich auf der Fähre von Piombino nach Elba gefragt hatte: »Du, was muß man eigentlich machen, damit man etwas erlebt?«
Sie wußte, daß ich Bücher schrieb, aber sie war noch zu klein, um eine Leserin zu sein wie ihre Schwester Rachel. Sie glaubte, daß einer, der Bücher schreibt, für Erlebnisse zuständig ist. Nichtleser haben Angst vor der Langeweile.
»Sie sehen«, sagte ich, »es ist ganz einfach. Ich spreche mit Ihnen über Dinge, die man sogleich wieder vergessen kann.«

Nach der Lesung (sie war viel zu lang) gab es eine Unruhe im Saal und endlich eine erste Frage, die Professor Sieberg selbst stellte. Er bat mich, etwas über die Mundarten in der deutschen Schweiz zu sagen, und ob sie subversiv seien, nicht angepaßt, eine Art von Opposition gegen die Schriftsprache? Dieser Bitte kam ich nach, die Leute lachten ein wenig über die komischen und ruppigen berndeutschen Beispiele: *miis, diis, uses, öies – Längizyt.*
Dann fragte ein Kursteilnehmer nach dem Humor in der Schweizer Literatur, ihm schien, der Humor komme zu kurz.
Ich muß zugeben, daß es keine gute Idee war, diese Bemerkung nicht ernst zu nehmen. Ich hätte Mark Twains Geschichte »Der gestohlene weiße Elefant« in diesem Zusammenhang nicht erwähnen dürfen.

Mirjam brachte mich vor Mitternacht ins Hotel zurück.

»Ich möchte gerne wissen«, sagte sie, »warum Sie dem Mann, der von einer Autorenbeschimpfung bei einer Tagung der Gruppe 47 in Princeton gesprochen hat, nicht gesagt haben, daß Sie selbst dabei waren. Sie haben nur gerade einen Lastwagen auf dem Campus erwähnt und zwei Männer, die im Laderaum Tango tanzten. Er hat es überhaupt nicht verstanden. Sie haben die Beschimpfung miterlebt. Niemand hat es verstanden.«

Ich war ausgestiegen, der Motor lief schon, als sie das Fenster herunterkurbelte und sagte: »Sie wollten sich bei uns nicht anbiedern, ist es so? Und übrigens: In dem Haus, nach dem Sie sich erkundigt haben, ist vor ein paar Monaten eine Tote gefunden worden, eine Weiße, jung, unversehrt und namenlos. Renato Sieberg weiß das. Vielleicht erinnert es ihn an den Film *Die Tote von Beverly Hills*. Gute Nacht.«

IV

Wäre Professor Sieberg am Anfang des 20. Jahrhunderts nach Amerika gekommen, in einer Zeit, in der Hollywood aus Farmland, Stechginsterwald und Kakteenfeldern bestand, hätte er sich wie selbstverständlich dem damaligen amerikanischen Lebensstil angepaßt.

Es fällt nicht schwer, ihn sich vor 1910 als Gast in einer der weitläufigen Villen in einem Saal mit hohen Fenstern, teurem Parkett, kostbaren Möbeln und Gemälden vorzustellen, im Gespräch mit vornehmen und kultivierten Gastgebern auf dem Goldgrund des alten Reichtums und der puritanischen Erziehung.

Als ein zur falschen Zeit Geborener, so kam er mir schon bei der ersten Begegnung vor: höflich, einsam, großzügig, von einem heimlichen Kummer und wohl auch von seiner Arbeit an einer Hollywood-Chronik belastet.

Ich wußte, daß er einmal auch ein Buch über die Emigranten nach 1933 geschrieben hatte, und es schien mir so, als sei er bis heute stolz darauf, alle Leute zu kennen, die auf irgendeine Weise prominent waren. Der Glanz der Macht zog ihn unwiderstehlich an.

Als wir im Charthouse Restaurant am Meer beim Mittagessen saßen, beugte er sich im Lärm der in der Nähe landenden Flugzeuge zu mir herüber und sagte:

»Internationaler Flughafen. Ein Start pro Minute, eine Landung pro Minute. Vor Jahren habe ich das einmal anders erlebt, bei einem Essen mit dem deutschen Staatsoberhaupt: Stell dir vor, zwei Stunden lang war jede Flugbewegung über der Stadt verboten.«

Seine Augen glänzten; er war glücklich oder fast glücklich; man kann das nicht so genau wissen. Ich versuchte, es herauszufinden, wir tranken zusammen ein wenig Wein, bis sich der Kellner um zehn Uhr abends weigerte, eine weitere Flasche zu bringen, wenn wir dazu nicht auch Essen bestellten: wieder Fleisch, ungeheure Portionen. Gleichzeitig mit den Tellern wurde, ohne daß wir darum gebeten hätten, eine Plastikschachtel auf den Tisch gestellt. *Doggy bag.* Man nahm die Reste mit nach Hause oder legte sie in der Nähe eines Obdachlosen neben den Mülleimer.

»Hatte das deutsche Staatsoberhaupt eigentlich auch einen Namen?« fragte ich den Professor: »Weizsäcker oder Kohl? Und wie war das Essen mit Dürrenmatt?«

»Das war oben im Steakhouse in Santa Monica, nicht hier«, sagte er. »Dürrenmatt bestellte zwei Portionen Schokoladenpudding. Seine Gattin hielt ihn nicht davon ab. Hast du Dürrenmatt gekannt?«

»Gekannt ist zuviel gesagt«, sagte ich. »Ich habe mit ihm gesprochen, zwei- oder dreimal, ich habe ihn gelesen, und einmal hat er auf meine Bitte hin einem Freund geholfen, einem schon zu Lebzeiten vergessenen Dichter. Er wisse nichts davon, sagte er, als ich ihm für die Hilfe dankte, seine Sekretärin kümmere sich um solche Dinge. Dürrenmatt gehörte niemandem.«

»Ich verstehe dich nicht«, sagte er. »Du hättest ihn gewinnen können, ihr seid beide zuerst Emmentaler und erst dann Schweizer. Ich kann nicht verstehen, wie du deine Freunde auswählst.«

»Ja, das kann ich oft auch nicht«, sagte ich, »und es geht nicht immer gut. Freunde sind selten. Der Unterschied zwischen mir und dir ist nur der, daß ich auch Leute mag, die nicht berühmt sind.«

»Weißt du«, sagte er, »diese Stadt ist eine Wildnis. Sie nimmt keine Rücksicht auf wärmere Gefühle. Du mußt wachsam sein, immerzu. Hier gibt es Finsternisse, von denen du keine Ahnung hast. Ich werde einmal mit dir in die Innenstadt fahren, zu den Blocks, wo sich verschiedene Banden und Gangs bekriegen in Straßenkämpfen, die nur Verlierer hervorbringen. Dreizehnjährige erschießen einander. In Los Angeles gibt es Prostitution, Raub, Mord, Menschenhandel, Drogen, Erpressung.«

Die Gewalt breite sich aus von Ost nach West, hatte schon eine Journalistin aus Leipzig berichtet nach meiner ersten Vorlesung. Sie war in die Stadt gekommen, um einen Film zu drehen über die Faszination des Bösen in Hexen- und Teufelsritualen, und schien

selbst fasziniert zu sein von den Graffiti an Brücken, Wänden und Mauern, die nichts anderes waren als Darstellungen eines gewaltsamen Todes zur Erinnerung an ein verlorenes Bandenmitglied.
Sie hieß Marlene Hollo.
Ich lud sie ein, mit mir den Markt zu besuchen an der Arizona Avenue und dann beim Frühstück über ihr Filmprojekt zu reden. Ich wollte ihr den Vorschlag machen, eine Reportage über die Arbeit der in Europa noch kaum bekannten Organisation Tree People zu realisieren.

An jenem Abend im Charthouse aber, der am Mittag begonnen und bis weit in die Nacht hinein gedauert hatte, konnte Professor Sieberg sich auch dazu entschließen, mir von dem vor noch nicht langer Zeit geschehenen Überfall auf seine Tochter Clara zu erzählen.
»Mehr als tausend Überfälle, Tag für Tag, das gehört hier auch zur Normalität«, sagte er.
Und dann, nach einer langen Pause: »Es nützt aber nichts, davon zu reden, wenn man selbst betroffen ist; es macht es nicht leichter.«
Es war so, daß Clara in einem Park am Hang angefallen wurde. Der Penner schlug mit einer Eisenstange auf sie ein, prügelte sie ins Gebüsch zu seiner Lagerstatt und versuchte dort, sie zu vergewaltigen. Als er ihr die Zunge in den Mund schob, biß sie mit aller

Kraft zu. Er mußte vor Schmerz geschrien haben, er ließ von ihr ab, es gelang ihr, auf einen der unteren Parkwege zu flüchten. Dort waren Leute, die ihr zu Hilfe kamen.

Als sie Anzeige erstattete, sagte man ihr, sie habe Glück gehabt. Für die Polizei war es ein alltäglicher Fall. Routine.

Drei Tage später wurde der Mann in der Nähe des Piers verhaftet. Er blutete noch immer aus dem Mund und konnte vor Schwäche kaum mehr stehen.

Als der Prozeß begann, war Clara voller Zuversicht: Sie hatte Mut gezeigt und Widerstand geleistet. Sie hatte sich aus eigener Kraft befreit.

Der Angreifer wurde verurteilt, »Clara aber«, sagte der Professor, »mußte sich – das war eine Auflage des Gerichts – einer psychiatrischen Behandlung unterziehen, um, wie es hieß, das Geschehene mit professioneller Hilfe zu verarbeiten. Verarbeiten«, sagte er, »ist ein furchtbares Wort.«

Er lehnte sich zurück. Der Kellner erschien am Tisch mit der Rechnung. An der Wand bewegten sich die Schatten im schwankenden Licht der Lampen. Der Professor sprach leise, so, als spreche er nur noch zu sich selbst.

Es fanden Sitzungen statt, eine Reihe von Sitzungen, in denen seine Tochter den Überfall in den kleinsten Einzelheiten schildern mußte, wieder und wieder – und von Mal zu Mal verlor sie dabei ein Stück

ihrer anfänglichen Sicherheit. Man konnte zusehen, wie ihre Angst zunahm und sie verstörte. Sie gab ihre Wohnung auf und kehrte in ihr Elternhaus zurück. Die ganze Nacht mußte das Licht in ihrem Zimmer brennen. »Und das war noch nicht alles«, sagte er. »Da gab es plötzlich einen Verdacht, so etwas wie eine Anschuldigung; eine Ungeheuerlichkeit.«
Ich versuchte ihn durch Ablenkung zu trösten.
»Aber Clara kann singen«, sagte ich, »ich habe sie im College gehört, sie hat eine schöne Stimme; es war schwierige Musik. Ich war hingerissen von ihr, wirklich. Ich sagte es ihr, aber sie sagte nur: ›Ja, vielleicht kann ich etwas, aber es hat nichts genutzt.‹ «
Renato Sieberg hob den Kopf, blinzelte und legte mir die Hand auf den Arm. Wir bestellten noch einmal Wein, bekamen keinen mehr und gingen hinaus zum Parkplatz. Es war Nacht. Über dem Meer war der Himmel dunkel, die Brandung war laut geworden.
Der Parkwart fuhr den Wagen über die Eisenketten bis vors Tor, ohne Licht. Wir gingen zu ihm hinüber, er nahm das Trinkgeld, nickte und übergab dem Professor den Schlüssel. »Gute Luft, heute abend«, sagte er. »Ich würde die Fenster offenlassen beim Fahren.«

Im Hotel waren zwei Nachrichten eingetroffen, beide von Silvia. Ich nahm sie mit ins Bad, und da passierte es mir wieder, daß ich den Wasserhahn schließen wollte, wie man ihn zu Hause schließt, und ihn dabei, wie es hier eingerichtet ist, ganz öffnete. Völlig durchnäßt griff ich zum Telefon, um Silvia vor der Tücke der Installateure in amerikanischen Badezimmern zu warnen, nachts um halb drei. Sie hatte in der Schweiz, Europa, kurz vor Mittag, eher wenig Verständnis für meine Warnung.

Ich war nicht müde und setzte mich ans offene Fenster im Wohnzimmer. Man konnte, ohne das Licht anzuzünden, die Notizen lesen, die auf dem Tisch lagen. Man konnte einen trockenen Pullover anziehen und an der angefangenen Arbeit für das Institut weiterschreiben bis zum Sonnenaufgang, wenn die Schatten der Hochhäuser kälter sind als die Schatten der Nacht.

Um zehn Uhr weckte mich das Telefon, Marlene Hollo, es war Samstag.

Sie wartete im Durchgang bei Herrn Mo, dem Pförtner des Hotels, und sie war nicht allein.

Den Mann, der mit ihr gekommen war, hatte ich bei meiner ersten Vorlesung kennengelernt, als er sich über den fehlenden Humor der Schweizer Autoren beklagte: Andreas – Andy – Lambert.

Jetzt behauptete er, daß Märchen der Brüder Grimm in Amerika beliebt seien, nachdem Walt Disney »Aschenputtel« verfilmt hatte. (»Verfimmt«, sagte er.)

Die Sache mit den Schuhen aus Glas hatte ihn sehr

beschäftigt; die Sache war die, daß das Mädchen im Märchen Schuhe aus feinstem Hermelin geschenkt bekommt. So erzählten es auch die russischen Emigranten in Paris ihren Kindern. Das alte französische Wort für »Pelz«, *vair*, wurde umgedeutet zum gleichklingenden *verre*, und so verwandelten sich bei Walt Disney die Pelzpantöffelchen zu hochhackigen, blitzenden Glasschuhen und die europäische Phantasie zur amerikanischen Fantasy.

Andreas – Andy – Lambert duldete keine Fragen.

Er sprach Deutsch mit einem Akzent. Er hatte sich mit seiner Geschichte vorgestellt: Er war mit seinen Eltern aus dem Elsaß gekommen, über Toulon und Argentinien nach Los Angeles, Ende 1944.

Während wir zu Fuß über die Wilshire Avenue zum Markt gingen, gab ich zu, daß es auch bei meinem Text »Dornröschen ist eine alte Frau geworden« – ich hatte ihn auf Wunsch Professor Siebergs vorgelesen – wenig zu lachen gab.

»Aber die Hoffnung schmückt sich mit Humor«, sagte er, »man muß ihn der Wirklichkeit abtrotzen. Ich meine nicht die Zerrbilder, die unten in Long Beach den Leuten angeboten werden: Dort hat man die Ölpumpen im Meer mit Aufbauten, elektrischen Lichterketten und Glühlampen zu Märchenschlössern verwandelt.«

»Aber das ist doch lustig«, sagte Frau Hollo und lachte.

Er schaute sie an wie einer, der fest entschlossen ist, die drei Aufgaben, die ihm die Prinzessin gleich stellen wird, unter Einsatz seines Lebens zu lösen. Sie blühte auf unter diesem Blick, schob aber gleichzeitig ihre Hand unter meinen Arm, als sei Lambert gar nicht da – und doch galt allein ihm das Stakkato ihrer Absätze auf dem Pflaster.

Ich mochte dieses Spiel nicht und sagte es ihr, als er mit den Tüten, die er für sie zu Pragers Eisdiele trug – grüne und schwarze Avocados, hellrote Trauben, Nüsse, Kiwis und Feigen –, im Gedränge hinter uns steckenblieb.

»Ich glaube, er mag Sie«, sagte ich, »Sie nützen das aus, vielleicht ist es auch umgekehrt. Es geht mich nichts an, ich will nichts damit zu tun haben.«

»Ist ja gut«, sagte sie erschrocken, »ich muß schauen, wo ich bleibe; weiß man es denn im voraus?«

Es war plötzlich warm geworden. Wir setzten uns an einen Tisch des Restaurants auf der Promenade: Uns gegenüber spielte ein wie Fats Waller gekleideter Mann mit Melone Klavier, kahlgeschorene Mönche in safrangelben Umhangtüchern gingen in Dreierreihen an uns vorbei, ein federgeschmückter Indianer setzte sich feierlich in den chromblitzenden Sessel des Schuhputzers.

Lambert beugte sich zu mir hinüber, sein Mund war an meinem Ohr: »Hören Sie«, flüsterte er, »ich weiß von Frau Hollo, daß Sie eine Schreibmaschine suchen. Ich habe eine alte Imperial anzubieten. Sie hat meinem Vater gehört. Ich schenke sie Ihnen. Es ist am einfachsten, wenn ich sie Ihnen in Ihr Hotel bringe, übermorgen, wenn es Ihnen paßt. Dann können wir auch reden, vertraulich.«

V

Lautfetzen, Stimmen, Tonwolken erfüllten die Nacht im Hotel.

Botschaften gingen über den Ozean hin und her.

Bekannte kündeten ihren Besuch an, vorsichtig.

Der Vizekonsul in Los Angeles schlug auf dem Telefonbeantworter einen Empfang im Institut vor.

Die Klimaanlage klopfte ihren asynchronen Takt in den Singsang der Asiatin im Westflügel des Hauses.

Töne und Bilder flossen ineinander über, das Unwirklichste aber, scheint mir, war mein eigener Rückzug in das Fernsehprogramm des Classic Sports Channel mit den Filmen längst vergessener Boxkämpfe von Sugar Ray Robinson und Max Schmeling. Nur wenig unterschied sich das Programm eines anderen Senders: Dort wurden in einem Schaukampf zwischen Clinton und Dole ebenfalls Punkte verteilt; *keep on punching!*

Der Sieger war bedauernswerter als der Verlierer. Ich schlief nicht gut in dieser Nacht.

Der neue Tag war kalt. Mit dem Wind zog kompakter Nebel vom Ozean herein, aber die Leute gingen in Shorts und T-Shirts herum, als ob die Sonne schiene. Entweder spürten sie die Kälte nicht, oder sie trauten dem Werbespruch vom sonnigen Kalifornien mehr als dem eigenen Gefühl.

Ich ging durchs Restaurant an der 3. Straße direkt ins Hinterhaus, wo Willi Prager seine Eismaschine eingerichtet hatte.

Es war aber sein Bruder Wolfgang gewesen, der mir seine Freundschaft zuerst angeboten hatte – das, was er darunter verstand.

»Es ist nämlich so«, hatte er gesagt, »wir besitzen in Graz vier Restaurants, das fünfte jetzt hier – ich habe es gegründet, und ich brauche sofort eine Geschichte dafür. Ich habe viele Freunde, weißt du, Fußballer, Manager, Juristen, Arnold Schwarzenegger, sogar den Konsul; aber einen Schriftsteller habe ich noch nicht. Willst du mein Freund sein?«

»So geht das nicht, daß du eine Bedingung stellst für Freundschaft«, sagte ich.

»Du kannst das«, sagte er, »ohne Geschichte bist du hier niemand, jeder Gangster hat eine.«

»Und was soll drinstehen, in der Geschichte?« fragte ich.

»Sie muß davon handeln«, sagte er, »wie die Prager-Brüder von Graz nach Santa Monica kamen, mit ihrem Wahrzeichen, dem Mann im Zylinder mit der Eistüte in der linken Hand und dem Bergstock aus Zuckerguß in der rechten. Und du hast ja gesehen, daß wir fliegende Untertassen aufgehängt haben, die sich zwei oder drei Wochen lang an ihren Drähten tatsächlich bewegten, Ufos eben, mit allem Drum und Dran, Lämpchen und Geschnatter aus dem Funkverkehr. Also: Ein Märchen, das ist es, was ich möchte. Mein Bruder Willi sagt, daß du Märchen kannst, bitte.«

»Meine Schreibmaschine ist kaputtgegangen«, sagte ich und fühlte mich wieder wie besiegt und unfähig zu Widerstand.

»Du schreibst mit der Hand, Druckbuchstaben, das kann man lesen«, sagte er.

»Auch meine Handschrift kann man lesen«, sagte ich.

Er schaute mir mit seinem unsteten Blick ins Gesicht und sprang auf. »Bis morgen dann«, sagte er, »morgen bringst du mir die Geschichte. Vergiß nicht, den Leuten zu sagen, daß Graz eine Stadt in Österreich ist, in Europa, Mann.«

»Morgen in einer Woche«, sagte ich.

Es wurden zwei Seiten Text auf liniertem Notizpapier von Woolworth und versehen mit der Unterschrift eines fiktiven Astronauten.

Noch bevor ich ihm den Text ganz vorgelesen hatte, riß Wolfgang Prager mir die Blätter aus der Hand und rannte damit weg. Schon am selben Abend lag auf allen Tischen des Restaurants eine neue Speisekarte mit der Geschichte »Das Glückskind« auf deutsch und englisch.

So lernte ich Willi, Wolfgangs Bruder, näher kennen.

Ich hätte nicht Wolfgangs Geschichte geschrieben, sondern seine, sagte Willi. Er sei in der Prager-Familie in einer Glückshaut geboren, er sei das *Good-Luck-Child* – und er lachte und strahlte über das ganze Gesicht, tatsächlich wie ein Kind im Märchen.
Wir setzten uns in seinen Lieferwagen. Willi hatte ein Geheimnis, Willi war der Eismacher. Das Rezept hatte er nach Amerika mitgebracht und hier weiterentwickelt, so gut es ging mit den zur Verfügung stehenden Produkten.
Daß man in jedem Einkaufszentrum vier Milchsorten kaufen konnte, von der Magermilch zur Zwei-Prozent-Fettmilch bis zum Half-and-Half-Drink, war auch mir aufgefallen. Der einen wurden Vitamine zugeführt, der anderen Protein entzogen, eine dritte von Nahrungsdesignern aromatisiert. Von Kühen war nicht die Rede. Auf den Milchkartons waren sie als abstrakte Zeichen zu sehen.
Ich dachte, während ich über einen Bettler hinwegstieg, daß die Vorstellung, zur Erhaltung der Gesundheit mehr als das Mögliche zu tun, zu einer Hysterie geworden war: Nikotin war ebenso verfemt wie Cholesterin, Zucker ebenso wie Fett. Neue Behandlungsmethoden zogen neue Krankheitsbilder nach sich.
»Vergiß nicht, es ist ein Geschäft«, sagte Willi.
Und ich: »Aber alle, die sich für gesund halten, rennen unentwegt vor etwas davon: zu Fuß, auf Rollschuhen, Rollbrettern, Fahrrädern, auf den Betonpisten am

Strand, auf den Straßen, sie rennen zum Psychiater, zum Wahrsager, zum Prediger, zum Geisteraustreiber. Private Fernsehstationen strahlen Tag und Nacht Heilsprogramme aus. Man kann sehen, wie Fallsüchtige durch Handauflegen aufgerichtet werden und wie die Vertreter von Familientrusts dafür sorgen, daß die Erben nicht über die Stränge schlagen.«

Das Wort »Heilung« war allgegenwärtig – und niemand schien sich die Frage zu stellen, wie schutzlos, wie gefährdet sich die Menschen fühlen mußten, die diesem Wort ein so überwältigendes Gewicht verliehen. Es kam mir so vor, als schütze sich jeder mit allen Mitteln gegen den Ausbruch der in ihm selbst versteckten Panik.

Er durchschaue es auch nicht, es sei ihm unheimlich, sagte Willi, und ebenso unheimlich sei ihm meine Interpretation. Wenn ich Zeit habe, wolle er mir etwas zeigen.

Ich hatte Zeit.

Es war unsere erste gemeinsame Ausfahrt.

Willi führte mich – zwei Jahre nach dem Simpson-Prozeß – zu dem Haus, in dem der Mord an der Frau des Football-Stars geschehen war. Tag für Tag versammelte sich dort eine Menschenmenge, die sich, ein paar Stunden später, wie auf einen geheimen Befehl hin wieder auflöste. Es war nichts zu sehen an diesem Ort, absolut nichts. O. J. Simpson war freigesprochen worden. Es gab keine Rassenunruhen.

Willi und ich wurden Freunde. Wir streunten durch die Stadt. Jeden Morgen luden wir Plastikkübel mit Speiseeis in den Kühlwagen. Nach und nach lernte ich die Abnehmer kennen: Hotels und Restaurants erschlossen sich durch die Hintereingänge an den Versorgungswegen, und die Anliefergassen und Nebensträßchen mit den unauffälligen Lieferantentüren zwischen krummen Strom- und Telefonmasten wurden so zu einer eigenen Stadt in der Stadt.
Es war Mitte Oktober.
Im Gegensatz zu den immergrünen Palmen und Büschen an den Avenuen und Boulevards zeigte ein Kirschbaum in einem Hinterhof von Downtown plötzlich und unerwartet mit leuchtend roten Blättern die Jahreszeit an über dem Abfallberg, den Mülltonnen und der Trümmerlandschaft, in der halbnackte Kinder eine Puppe verbrannten.
Nur ein paar Blocks weiter, aber in einer anderen Welt, wurde vor dem Beverly Wilshire Hotel ein Sportwagen mit einer blauen Schleife geschmückt.
»Ein Maserati«, sagte der Küchengehilfe, der uns beim Ausladen half. Es sei ein Hochzeitsgeschenk des Bräutigams für seine Frau.
Willi kratzte sich am Hals. Wir lachten ein wenig über seinen Scherz von den gewissen Eisvariationen nicht ganz unähnlichen Duftnoten der Kondome in dem in diesem Hotel gedrehten Film *Pretty Woman* und setzten unsere Tour fort, vom Restaurant Schatzi zum

Planet Hollywood und schließlich zu Tinas Deli.
Tina war nervös. Nachmittags um fünf mußte sie zweihundert Brötchen liefern, Schinken, Wurst und Putenfleisch.
»Putenfleisch mag ich nicht«, sagte ich, »nehmen Sie bitte nur wenig Putenfleisch.«
»Was geht ihn das an, verdammt noch mal«, sagte Tina zu Willi.
Es blieb mir nichts anderes übrig, als zuzugeben, daß ihre Sandwiches für den Empfang im Max-Kade-Institut bestimmt waren, aber die Rede war nur von hundertfünfzig Brötchen gewesen.
Sie fand das überhaupt nicht lustig.
»Ja«, sagte sie, »das ist Amerika. Der Eis-Lieferant als Gast bei einem Empfang der University of Southern California. Ich glaube, an dieser Schule hat Steven Spielberg seinen ersten Film gedreht, *Duell*, ein Meisterwerk. Wußten Sie das?«

VI

Zur Vorbereitung der Treffen im Max-Kade-Institut blieben die Nächte, in denen die Erinnerungen an den Tag sich verdunkelten wie ein Wasserlauf unter einer Brücke.

Ich war dankbar für die Freundlichkeit der Kursteilnehmer. Sie brachten Essen mit und Wein, und wir saßen oft lange zusammen und sprachen über die Figuren der Seltsamkeit bei Jürg Laederach, über meinen Freund Peter Bichsel oder über die Marionetten bei Heinrich von Kleist und Max Frisch.

Auch über Robert Walser, den Liebhaber und Geliebten. Wir gingen auf sein Werk ein, nach seinem eigenen Vorschlag so, wie man auf ein mannigfaltig zerschnittenes oder zertrenntes ICH-Buch eingeht.

Es waren schöne und erfüllte Abende an der University of Southern California und später an der California State University in Long Beach.

Einmal aber führte das Thema, wie man schreibend eine Minute lang die Zeit anhalten könne, zu einer wunderbaren Überraschung. Mirjam las ihren Text vor: »Der Sechzigsekundenregen« – und wir alle erkannten sogleich ihr Talent und ihren Rang als Schriftstellerin.

Auf die Reise in die Wüste, zu der Renato Sieberg uns eingeladen hatte, kam sie nicht mit. Als ich um sechs Uhr früh vor dem Hotel abgeholt wurde, sah ich, daß an ihrer Stelle Andreas Lambert im Fond saß. Marlene Hollo hatte sich auf dem Beifahrersitz neben dem Professor eingerichtet.
Schon in der Innenstadt lichtete sich der Nebel, und in den Hügeln über dem neuen Getty-Museum wölbte sich ein strahlender Morgenhimmel.
Die Querrinnen auf dem Freeway schüttelten uns in regelmäßigen Abständen durch, und die Schläge waren bei gleichbleibender Geschwindigkeit genau berechenbar. Es gab keine Möglichkeit, sich zu schützen; der ganze Körper fing an zu vibrieren.
Dann, plötzlich, es war wie die Erlösung von einer Folter ohne Schmerz, rollten wir auf glattem Asphalt bis nach Palm Springs und, nach einer Fahrt mit der Luft-Tramway, hinunter in die Stein- und Sandwüste. Kreiselnde, kleine Sandfontänen zogen über das weite Land, vereinigten sich, trennten sich, wurden größer, fielen in sich zusammen, erhoben sich wieder an einer anderen Stelle. Vom Wind getrieben, dachte ich, obwohl ich doch wußte, daß mir nach der Fahrt mit der Gondelbahn die kaum bewegte, klare Luft über der Ebene aufgefallen war. Eine Luftsäule.
Ich war zerstreut, und es fällt mir auch jetzt nicht leicht, den Zustand zwischen Wachen und Schlaf, in dem ich mich wohl befand, zu beschreiben: ein

Tagtraum oder eine Halluzination, eine Erscheinung, dem Gefühl nach real, aber mit dem Verstand nicht zu fassen.

Mit offenen Augen sah ich, daß da, wo eben noch Wüste gewesen war, jetzt der Himmel unter uns ausgebreitet lag, genauso wie der Himmel über uns, und die Frage drängte sich auf, wo ich selber denn sei in Zeit und Raum; unter den Lebenden oder unter den Toten.

An einer niedrigen Mauer vorübergleitend, betrachtete ich durch Wolkeninseln hindurch eine tief unter mir liegende bewaldete Landschaft, aus der Rauch- oder Nebelschwaden emporstiegen.

Es schien mir ganz leicht zu sein, mich von der Bindung an den Körper zu lösen und hinunterzuschweben ohne Gewicht. Nur ein Anstoß fehlte; ein Anstoß oder ein Zuruf?

Ich konnte nicht darüber reden, auch später nicht, als wir bei einer Feuerstelle im Palm Canyon anhielten, um unser Picknick zu essen. Das Feuer brannte fast ohne Rauch. Marlene Hollo fotografierte es mit dem Wohnmobil zusammen, dessen Dach in der Sonne flimmerte.

Sie fotografierte den Kojoten, der wie aus dem Nichts aufgetaucht war, und sie fotografierte uns, die Wüstenfahrer.

Ihre Polaroidkamera entwickelte das Bild in kürzester Zeit. Man konnte zusehen, wie sich zuerst die hellen

Farben auf dem Papier abzeichneten und wie erst dann ein warmes Blau und Schwarz dem Bild Glanz und Tiefe verliehen.
»Das ist aber seltsam«, sagte sie, »schauen Sie her: Das ist das Foto von Ihnen. Sie stehen vor dem Feuer, und doch sieht man es auch unter Ihren Füßen brennen. Das gibt es ja nicht. Es sieht so aus, als ob Sie über dem Boden schweben.«
Sie hatte recht; es sah so aus. Es war wohl ein Defekt der Kamera, ein Zufall. Ausreden aus Verlegenheit.

Wir erschraken, als mit einem lauten Knall die Tür des Wohnmobils aufgestoßen wurde. Zwei Kinder stürmten heraus, gefolgt von einem Riesen, der sich wortlos vor Frau Hollo aufbaute, um sich auch von ihr fotografieren zu lassen. Es erwies sich, daß er nicht leicht zufriedenzustellen war, es mußten mehrere Bilder gemacht werden, dann auch Bilder von den Kindern und wieder von ihm, diesmal mit einem Gürteltier im Arm, bis der Professor – die Fahrt zurück nach Los Angeles würde beschwerlich werden – zum Aufbruch mahnte.
Die Joshua-Palmen gliederten die ockerbraune Landschaft mit dunkelblauen Schatten. Erst kurz vor Sonnenuntergang erreichten wir den Kakteengarten, der in großer Stille dalag.
Ich dachte daran, wie lautlos sich die Flügel der Mühlen im Windpark wohl drehten, jetzt, wo die Abend-

brise gekommen war, landeinwärts stoßend nach einem heißen Tag.

Ich dachte auch an das, was Andreas Lambert mir einmal gesagt hatte: daß er nur in der Stille leben konnte.

Wir waren ausgestiegen und auseinandergegangen in diesem überwältigenden Schweigen.

Lambert hatte erzählt, sein Vater sei als reicher Flüchtling nach Amerika gekommen, zusammen mit seiner Frau und mit ihm, dem damals siebenjährigen Kind.

Einen sicheren Ort fand die Familie erst, als der Vater ein unfruchtbares, nur von Disteln und einzelnen Grasbüscheln bewachsenes Gelände in den Hügeln bei Long Beach erwerben konnte.

Andreas blieb auch nach dem Tod der Eltern in diesem Haus, dem Atelier, dem Bilderlager des Vaters dort draußen im Ödland, obschon eine Explorationsgesellschaft auf dem Areal ein großes Ölvorkommen entdeckt hatte und von Jahr zu Jahr mehr Geld für das Grundstück bot.

Die Stille halte ihn fest, hatte Lambert gesagt.

Die Stille, hatte er gesagt, verbinde sich mit den Kunstwerken, die sein Vater aus Europa mitgebracht, also gerettet habe vor der Vernichtung, besonders mit den Bildern des gleich nach dem Krieg berühmt gewordenen Karl Baaz.

Der Vater Heinrich habe dem Sohn das Geheimnis dieses Malers enthüllt; eine Reise nach Marokko, die er mit einer Geliebten im Winter 1920 unternommen habe, so sagte Lambert. Die Sehnsucht des Malers nach einem Versteck und nach Obhut habe sich mit der Not des eigenen Vaters in den Kriegswirren verbunden, sagte er.

Mit der Flucht sei ihm auch die Rettung einer Mappe mit Aquarellen, Schriftstücken und einem Fotoalbum gelungen, die die Reise des Karl Baaz mit seiner Geliebten belegten. Beide zeichneten und malten: Ansichten der Festung in Essaouira, kleine, in schattige Nischen geduckte Kaufläden in der Altstadt, einen weißgekleideten Marabu in einem Seemöwenschwarm am rosafarbenen Fischerhafen.

Mit welchen Gefahren an Leib und Leben der Schutz der Kunstwerke erkauft worden sei, könne er, der Sohn, nur ahnen. Die Mutter starb an einem Nervenleiden. Der Vater schwieg. Er duldete keine Mitwisser.

Andreas Lambert hatte beschlossen, auch das Ungewisse als sein Erbe zu betrachten.

Es verwirrte mich, daß er es vor mir ausgebreitet hatte; ich wußte nicht, was ich davon halten sollte. Er steigerte sich beim Reden immer mehr in eine Unruhe hinein über die Folgen, die das Aufdecken der anonymen Reise des berühmten Malers haben würde. Er fürchtete sich vor der Öffentlichkeit. Die Medien würden alles ans Licht bringen, was er geheimhalten wollte. Mit dem sicheren Ort in der Einsamkeit der Hügel wäre es dann wohl vorbei; aber noch genügte die Wachsamkeit der mexikanischen Haushälterin und der beiden Hunde, die das Gelände im Auge behielten, unerzogene und selbst für ihn nicht ungefährliche Bastarde. Die ganze Nacht streunten sie herum, sie bellten nicht, er hörte nur ihr Hecheln vor den geschlossenen Fensterläden, hinter denen er die Dokumente des Karl Baaz nachdatierte: das Foto einer Straßenküche in Agdz oder die Notiz: »Wenn Karl im Hotelzimmer nach der Geige greift, gehe ich hinaus auf die Straße, aber nicht weit weg, damit ich es höre, wenn er nicht mehr spielt. Dann beginnt er zu malen, innere Bilder, und ich kehre auf Zehenspitzen zurück und warte darauf, daß er den Kopf hebt und mich anschaut.«

Lambert hatte erzählt, diese Frau sei mit einem einflußreichen Industriellen verheiratet gewesen und einige Jahre nach der Reise mit Baaz bei einem Autounfall zu Tode gekommen. Er hatte den Verdacht, daß einige Sammler, Kunsthändler und Museumskuratoren mehr darüber wußten. Es war gefährlich, an das Geheimnis zu rühren, vielleicht lebensgefährlich, ohne Übertreibung, so Lambert.

Als er sagte, er bringe mir Beweise für seine Behauptungen, lehnte ich ab. Die Imperial-Schreibmaschine hatte er ja auch nicht gebracht, sie wäre mir lieber gewesen als ein Aquarell von Karl Baaz; aber vermutlich hatte er sie im Keller verrotten lassen, nur darum, weil sie zu laut war und fröhlich in seine verdammte Stille hinein klapperte, in der man das Blut im Kopf rauschen hörte.

Hier, im Kakteengarten, wurde die Abwesenheit aller Geräusche nach kurzer Zeit zu einer Qual, und ich war froh, daß wir endlich, im schon fast erloschenen Tageslicht, nach Palm Springs zurückkehrten.
In der Innenstadt war ein Fest im Gange, Micky-Mäuse tanzten auf blumengeschmückten Wagen, und als ich das Autofenster öffnete, waren in einem Baum am Straßenrand Vogelstimmen zu hören; ein Zwitschern und Schwatzen wie von den Staren, die sich zu Hause vor der großen Reise nach Süden in den Rebgärten versammeln.
Vielleicht hatte auch Friedrich Dürrenmatt diese Stimmen gehört, als er damals mit dem Professor weitergefahren war nach Hot Springs: Singvögel in der klaren Luft unter dem weiten Himmel, und er hatte sich vorgestellt, wie es wäre, sich hier vor dem Labyrinth der Wüste ein Haus zu bauen mit einem Observatorium. Seine Nächte hätte er hinter dem Fernrohr sitzend verbracht und sich das Glück ausgemalt, staunend in den unergründlichen Sternenwelten zu versinken.

VII

Der Sonntag war warm und windbewegt, aber wenn man sich in den Schatten setzte, begann man schon nach fünf Minuten zu frieren.

Ich hatte mir vorgenommen, den Tag am Strand zu verbringen, in der Nähe des Piers oder in der Bucht von Venice. Die Touristenmeile dort mit den aufgegebenen Kanälen wirkte schäbig, und man konnte schon ahnen, daß es nur eine Frage der Zeit war, bis der ganze Stadtteil heruntergekommen und ruiniert sein würde.

Aber noch ließen Feuerspeier und Einradfahrer, Wolkenschieber und Beleuchtungskünstler ihre Sammelbüchsen herumgehen, noch schlugen als Clowns verkleidete Arbeitslose schwerfällige Purzelbäume vor der wohl in den sechziger Jahren letztmals eingerichteten Auslage eines Gemischtwarenladens.

Als ich eintrat, fiel hinter mir ein Stück Gips aus dem Türbogen, der Ladenbesitzer machte mir Vorwürfe, sprach von mutwilliger Beschädigung, verlangte Schadenersatz und rief andere Händler als Zeugen zu Hilfe. Wir konnten uns schließlich einigen. Ich kaufte ein Buch, das zwischen unbehandeltem Baumwollzeug, Duftkerzen und Kristallen im Schaufenster lag, eine Erstausgabe mit ausgewählten Erzählungen von Mark Twain, zerlesen und vergilbt. Teures Strandgut.

Ich nahm es mit an den Pier, ließ mich auf die Geschichte von Edward Mills und George Benton ein und war schon nach den ersten Sätzen gebannt von der Klarheit dieser Prosa, mehr aber noch vom Zorn des Autors auf die bigotte Erziehung der beiden Jungen durch die Stiefeltern, die Lehrmeister und die gute Gesellschaft des Ortes: einem Zorn, der die Sprache als Skalpell einsetzte, um Herrschafts- und Machtgebaren bloßzulegen mit den Mitteln der Ironie.
Vielleicht war es das, was Lambert gemeint hatte, als er im Max-Kade-Institut den fehlenden Humor als Mangel der Schweizer Literatur bezeichnete und dann ungehalten reagierte, als ich Mark Twain erwähnte: Ich hatte keinen Unterschied gemacht zwischen Humor und Ironie.
Über Mittag also hatte ich mich lesend und dösend an der Asphaltpiste neben einem Fahrrad-Verleih eingerichtet und wäre wohl eingeschlafen, wenn sich nicht zwei sportlich gekleidete Herren an den Nebentisch gesetzt hätten. Sie hatten ihre Räder abgestellt und sahen, immer noch außer Atem, den Pelikanen zu, die mit trägen Flügelschlägen aufs Meer hinausflogen, sich an einer bestimmten Stelle aus der Formation lösten und ins aufblitzende Wasser stürzten.
Der Ozean atmete in sanften, langgezogenen Wellen. Unvermittelt brach einer der beiden Männer das Schweigen und sagte: »Morgen geht es bei uns auch wieder los. Aus mit lustig. Nach Kairo diesmal. Die

Ägypter interessieren sich für unsere Schließanlagen; niemand weiß, warum. Wir sind teuer.«
»Araber haben viel Geld«, sagte der andere. »Sie hakken einem Dieb die Hand ab. Sie steinigen Frauen. Ich wußte gar nicht, daß wir mit denen Handel treiben.«
»Amerikaner treiben mit allen Handel«, sagte der erste. »Amerika an und für sich ist schon ein Exportartikel. Das machen unsere Ideale. Und in einigen Staaten werden auch bei uns Leute zum Tod verurteilt.«
Der andere schüttelte den Kopf: »Wir sind eine Demokratie; bei uns werden Diebe und Mörder nach allgemein anerkannten Gesetzen bestraft. Das ist dort unten ganz anders. Du solltest den Koran auf deine Reise mitnehmen. Bei einer Entführung könntest du dir damit einen Vorteil verschaffen. Es gibt eine englische Übersetzung des Korans. Fundamentalisten berufen sich immer auf ihren Glauben.«
»Dann sind wir auch Fundamentalisten«, sagte der erste. »Oder hast du keine Waffe im Haus?«
Ich fing an zu husten. Sie beachteten mich nicht. Als sie bezahlt hatten und sich anschickten wegzugehen, sah ich, daß der eine Schuhe mit hohen Absätzen und dicken Sohlen trug, um größer zu erscheinen. Ich blieb noch eine Weile sitzen und sah den Surfern zu, die heranglitten und von der Brandung in Gischt und Schaum begraben wurden.
Mir kam es so vor, als werde Amerika jeden Tag neu

erfunden. Hatte nicht schon Fontane gefragt, wie die Neufundländer-Hunde hießen, bevor der Kontinent entdeckt worden war?

Marlene Hollo holte mich am nächsten Morgen im Hotel ab. Herr Mo, der Pförtner, fragte mich am Haustelefon, ob ich Besuch erwarte und wenn ja, von wem, und er sagte erst, als ich zu seiner Zufriedenheit geantwortet hatte, eine Dame sitze auf der Bank neben seiner Loge, sie sehe nicht glücklich aus, ich möge mich beeilen.

Frau Hollos Plan, einen Film über okkulte Rituale in Los Angeles zu drehen, war gescheitert, einmal, weil die Auftraggeber in Deutschland kein Interesse mehr zeigten, dann aber auch, weil es ihr, wie sie sagte, nicht gelungen war, in die Intimität eines solchen Zirkels einzudringen. Sie wurde von den Leuten, die ihrer Meinung nach eine Beziehung zu dieser Szene hatten, gar nicht wahrgenommen. Andauernd waren sie mit ihren Handys beschäftigt, trafen Abmachungen oder empfingen Anweisungen; manchmal, sagte Frau Hollo, kam es ihr vor, als werde eine geheime Transaktion nach der anderen vorbereitet. Die Anhänger der schwarzen Magie, der Teufels- und Hexenkulte, schienen sich nicht anders zu verhalten als die Protagonisten des Welthandels oder des Terrorismus, und das kleine Telefon war dabei eine wirksame Waffe.

Es war mir leichtgefallen, sie nach den erlittenen

Enttäuschungen zu überreden, mit mir an diesem Morgen zu dem Gelände der Tree People hinauszufahren. Die Bewegung war in Kalifornien groß geworden. Marlene Hollo hatte noch nie etwas davon gehört, sie lachte mich ein wenig aus, während sie die Navigationshilfe in ihrem Wagen programmierte und die Tree People das Fähnlein der grünen Gespenster nannte.

Als die Stimme des Automaten nach einer halben Stunde Fahrt meldete, daß wir unser Ziel erreicht hatten, glaubten wir an einen Irrtum. Weit und breit war kein Haus zu sehen. Nur ein schmaler Kiesweg führte hinein in ein wasserarmes Gebiet mit Kakteen, Büschen und Nadelhölzern. Schließlich blieben wir vor einem ziemlich ramponierten Gebäude stehen. Ein junger Mann überreichte uns nach einer knappen Begrüßung eine Dokumentationsmappe und einen Videofilm.

Er war freundlich. Er freute sich, als ich sagte, wir würden uns hier gerne länger aufhalten und uns ein Bild von seiner Arbeit machen.

»Es ist die Arbeit von vielen tausend Leuten«, sagte er. »Man kann hier gut seine Zeit verlieren.«

Er führte uns ins Haus, zeigte auf einen eingerahmten Brief an der Wand und verabschiedete sich.

An den Inhalt des Briefes erinnere ich mich nicht genau, ich weiß nur noch, daß ein Gönner der Tree People in einem Postskriptum geschrieben hatte:

»Anbei ein Scheck über eine Million. Ich glaube, daß es das braucht: junge Leute mit guten Ideen und alte Leute, die helfen, diese Ideen zu verwirklichen.«
Aber erst später, im eigentlichen Empfangsraum, bekamen wir eine Ahnung von dem Netzwerk der Tree People. Landkarten, Vermessungsdokumente, topographische Blätter, Fotografien von Savannen, Städten und Wüsten hingen, mit Klammern an Schnüren befestigt, von der Decke herunter. Postkarten aus Afrika, Indonesien, Nepal, Europa und Amerika waren an Wände gepinnt, auf Tischen ausgelegt, in Kartonschachteln gestapelt. An die Tür zu einem kleineren Zimmer hatte jemand mit schwarzem Filzstift geschrieben: Dies ist ein Geheimnis. Bitte eintreten. Wer verändert die Welt?
Der Raum war leer, bis auf den Spiegel an der gegenüberliegenden Wand, der von der Decke bis auf den Boden reichte. Man konnte seinem eigenen Bild nicht ausweichen.
So wie sich die Mönche im Mittelalter von Kloster zu Kloster durchgeschlagen hatten, reisten und reisen auch heute noch die Forstleute unter ihresgleichen als Mitglieder einer verschworenen Gesellschaft durch die Welt: Ganz nebenbei war ich durch den Forstingenieur Christian Küchli mit den Projekten der Tree People noch in der Schweiz bekannt gemacht worden – mit dem Auftrag, dem Leiter des Programms in Los Angeles die besten Grüße zu überbringen.

Marlene Hollo aber wandte sich ab, nachdem sie ihr Spiegelbild gesehen hatte.
Schweigend gingen wir durch die weitläufige, wie planlos angelegte Baumschule. Es gab hier viele Palmenarten, Ginster, einheimische und aus dem Ausland importierte Pflanzen, Farne, Wolfsmilch und Pioniere wie Eukalyptus oder Akazie, aber auch Maulbeer-, Äpfel- und Birnbäume.
Die Schulklassen, die Jahr für Jahr ihre Ferien in diesem Camp verbrachten, wurden von einer großen Verpackungsfirma mit Milchkartons beliefert: Container für die Aufzucht der jungen Bäume. Was mit dem Aufstand gegen den kalifornischen Smog begonnen hatte, sollte zu einer grünen Revolution werden.
Freiwillige Helfer zogen mit ihren Bäumchen in den Milchbehältern durch die Elendsviertel, die Professor Sieberg Wildnis genannt hatte, verhandelten mit den Bandenführern und versuchten Zutritt zu erlangen, erste Kontakte, nicht schon Vertrauen, nur Duldung. Einer war dabei zum geachteten Rapper geworden und bekannt, ja, geliebt für seinen Text: »Die Sonne scheint, und eine Hälfte meines Gesichtes liegt im Schatten. Woran sollen wir noch glauben?«
Dort, in der Wildnis, inmitten der Mietshäuser mit notdürftig verklebten Fensterscheiben zwischen lichtlosen Eingängen, die den aufgerissenen, müllbedeckten Hinterhof überhaupt erst zum Platz mach-

ten, hatte man ihm erlaubt, einen Baum zu pflanzen, den Kirschbaum, den ich auf einer Fahrt mit Willi Prager gesehen hatte.

Über seinen Wurzeln türmten sich Scherben und Schutt, Backsteinbruch, Plastiksäcke, verbogene Eisenteile und verfaulte Eßwaren. Nach einer Verletzung war an seinem Stamm eine kropfartige Verwachsung entstanden. Auch jetzt noch, im Herbst, floß daraus bernsteinfarbenes Harz. Kinder besprengten ihn mit ihren Wasserpistolen, hielten ihn am Leben, zogen ihn auf. Vielleicht würde er den Bandenkriegern im Laufe der Zeit zu einer Freistatt werden, sie würden sich in der heißen Jahreszeit im Schatten seiner Krone aufhalten: Es wäre ihr Baum geworden, und er sollte über alles hinauswachsen; davon träumten die Tree People.

Sie trieben aber auch großangelegte Aufforstungsprogramme voran in den Canyons und Hügeln der Großstadt, die unter chronischem Wassermangel litt.

Die Wäsche in Santa Monica kam graugetönt aus der Wäscherei zurück, manchmal schmutziger, als sie beim Abgeben gewesen war. Wer auf saubere Taschentücher Wert legte, gab sie in die Chemische Reinigung. Ich beschloß, daß ich einer war, der Wert darauf legte; ich mochte Taschentücher aus Stoff, und riesig mußten sie sein, wie die Taschentücher,

die man daheim auf dem Herbstmarkt kauft, mochte Marlene Hollo davon halten, was sie wollte.
Sie hielt nichts davon. Sie hielt auch nichts von meinem Vorschlag, ihren Auftraggebern einen Bericht über die Organisation der Tree People zu schicken, eine Skizze, einen Entwurf; sie lehnte ab. Sie konnte sich nicht vorstellen, daß eine deutsche Fernsehstation Interesse an einem solchen Stoff haben könnte.
»Zu wenig Action«, sagte sie, »kein Glamour, keine Prominenz, also auch keine Einschaltquote.«
Sie hatte den Traum von Amerika im Kopf, den jeder von zu Hause nach Amerika mitbringt: Vorstellungen, die stärker sind als die Wirklichkeit. Gewalt.
Dennoch zeigte ich ihr auf der Heimfahrt den rotgefiederten Kirschbaum in einem Hinterhof von Downtown.
Herr Mo hatte recht gehabt: Unglücklich sieht sie aus auf dem Foto, das ich dort von ihr gemacht habe, und wie eine ohne Aussicht auf Befreiung Gefangene schaut sie mit erhobenem Gesicht zu einem der Hochhaustürme hinüber, die erdbebenfest mit Gummifugen zwischen den einzelnen Betonplatten und mit nach rückwärts ins Innere der Gebäude stürzenden Glasfronten den Platz in Schatten hüllen.

VIII

Halloween. All Saints. All Souls.
Die Schaufenster der Schuh- und Kleiderläden waren dekoriert mit Kostümen und Masken, mit Teufelsfratzen und Totengerippen. Zwischen Kautschuklarven von Vampiren, Scheintoten, Wiedergängern und ehemaligen Präsidenten der Vereinigten Staaten starrten in Kürbisse geschnitzte Gesichter die Betrachter an.
Nichts erinnerte mich an den Allerseelentag in Quauhnahuac in Malcolm Lowrys Buch *Unter dem Vulkan*: Dort, wo der Konsul die Lichterschlange eines Umzugs von weit oben betrachtet, feiern die Angehörigen der Verstorbenen den Tag der Toten mit gelben Blumen und Totenbrot, und über den Stufen der Kirche schweben in den aus Weihrauchkesseln aufsteigenden Duftwolken die apokalyptischen Reiter neben dem Christuskreuz und der indianischen Jungfrau Maria.
Hier aber, auf der Promenade von Santa Monica, wurden die Flaneure von Kinderhorden angerempelt, mit Plastikhämmern geschlagen und mit Eiern beworfen. Die Fernsehapparate in den Kneipen zeigten Horrorfilme. Ganz Amerika schrie lauthals: *Trick or treat!*

Und war das nicht vielleicht doch ein Motiv im Selbstverständnis der Nation, wie Marlene Hollo behauptete?
Die Szenerie in den Straßen erinnerte mich an die dem Künstler Kienholz zur Zeit im Museum für Moderne Kunst gewidmete Retrospektive und insbesondere an seine Allegorie des Krieges, die er in dem Hauptsaal aufgebaut hatte – gleich neben einer Bar, an der Menschen saßen oder standen, die auf ihrem Hals Zifferblätter anstelle von Köpfen trugen.

Ich war mit Willi verabredet, blieb aber im Gedränge beim Brunnenbecken vor dem überlebensgroßen Dinosaurier stecken. Im Maschendraht hängende Jugendliche besprühten die Menge unter ihnen mit schwarzer und roter Farbe aus Spraydosen.
An der Straßenecke war ein Friseur aus der Tür getreten. Er hielt das offene Rasiermesser in der Hand. Ich flüchtete mich zu ihm hinüber; aber nur zögernd ließ er sich überreden, zu einem Haarschnitt zuerst und dann sogar zu einer Rasur. Das Rasieren war nicht mehr üblich. Er hatte es aber noch bei seinem Vater gelernt und von ihm auch die Messer, das Abziehleder und zwei Dachshaarpinsel geerbt. Es gab Friseure, die nur mit Gummihandschuhen und Mundschutz arbeiteten, aus Angst vor Aids, und es gab andere mit goldenen Scheren und getönten Kristallspiegeln.
»Das ist wohl so in Hollywood«, sagte ich, »aber ich,

zum Beispiel, möchte eine Rasur, wie Ihr Vater sie gemacht und mein Vater sie gewünscht hätte: zweimal einseifen, zweimal rasieren, dann mit einem Tuch nicht trocknen, nur abtupfen, mit Kölnischwasser einreiben und vielleicht anschließend noch leicht mit einer Seidenquaste pudern. Und ich möchte, daß Sie mir die Haare vor dem Schneiden waschen. Ich will aber nicht, wie es heute üblich ist, den Kopf nach hinten legen, sondern mich nach vorn über die Waschschüssel beugen dürfen. Darum bitte ich, wenn es geht. Dann, zum Schluß, auch noch den Nacken ausputzen, bitte.«

Er sah mich an, sehr ernst, nickte und sagte: »Amiguito, mein Freundchen, es ist möglich an einem Feiertag wie heute, zur Erinnerung an die Toten. Aber sagen Sie mir: Wie oft ist Ihnen dieser Wunsch in anderen Ländern erfüllt worden?« Und auf spanisch fügte er bei: »Sie und ich, wir beide sind hier nicht zu Hause.«

Ich sagte ihm, daß ich dieses Bedürfnis noch nie empfunden hatte, daß es aber gerade heute mehr als eine bloße Laune war. Dafür hatte er Verständnis. Er war auch oft allein.

Den ganzen Morgen blieb ich bei ihm sitzen, in einem rissigen Ledersessel unter einem Glastablar mit Tequila-Flaschen.

Es kann sein, daß ich bei dem Empfang um vier Uhr nachmittags überhaupt nicht betrunken war und trotzdem augenblicklich Streit bekam mit dem Ehrengast Markus Zingren aus Düsseldorf. Er, ein Schweizer Professor an einer deutschen Universität, stellte mir die Fragen über das Verhalten der Schweiz im Zweiten Weltkrieg, die ich von den Amerikanern erwartet hatte. Er stellte sie zum Amusement der Gäste am Stehbuffet. Im übrigen hatte er alle Antworten selbst, gebrauchsfertig zum Partybetrieb.
Dann, ohne jede Einwirkung von außen, verlor er das Gleichgewicht, machte den Versuch, sich am Tresen festzuhalten, stürzte zu Boden, stand aber gleich wieder auf den Füßen, verblüfft oder erschrocken und tatsächlich wie von einer unsichtbaren Faust vor den Kopf geschlagen.
Es war alles so schnell gegangen, daß sonst niemand von dem Vorfall Notiz genommen hatte. Zingren murmelte etwas Unverständliches und entfernte sich, den Blick ins Leere gerichtet und noch immer in gebückter Haltung.
Auch ich suchte nach einer Gelegenheit, um unauffällig zu verschwinden. Doch vor der Tür trat ein Mann an mich heran, mit dem ich einmal nach einer Lesung ein paar Worte gewechselt hatte und der sich jetzt, da es offensichtlich war, daß ich seinen Namen nicht mehr wußte, noch einmal selbst vorstellte: »Eigentlich kennen wir uns schon«, sagte er, »wir sind

einander von Renato Sieberg vorgestellt worden; es war eine zufällige Begegnung, wie Sie sich erinnern werden. Meine Freunde nennen mich J. N. – in Amerika ist das so: Eine Bekanntschaft gilt nur, wenn ein Dritter sie vermittelt hat. Trinken wir ein Glas zusammen? Zinfandel – Sie kennen den Wein?«

Mit langsamen Bewegungen füllte er die Gläser, und von diesen Bewegungen ging eine Ruhe aus, die auf mich wirkte wie ein Versprechen auf Schutz und Sicherheit.

Wir redeten lange miteinander. Er war an der Universität Abteilungsleiter für Urbanisation. Er war aber auch von seiner Herkunft geprägt als Nachkomme eines Mannes, der im Sezessionskrieg aus der Sklaverei geflüchtet war.

Schließlich fragte ich ihn doch nach dem seltsamen Haus gegenüber dem Max-Kade-Institut, aber dort war ihm nur die Hecke aufgefallen, eine Eibenhecke, wie er sie aus seiner Jugendzeit kannte: »Eiben sind gefährlich«, sagte er, »alles an ihnen ist giftig: die Zweige, die Nadeln, die Rinde, nur nicht das rote Fruchtfleisch. Der Kern in der Frucht aber ist tödlich, für Maultiere ebenso wie für Menschen.«

Ich sagte ihm nicht, daß ich das Areal erkundet hatte. Die Hecke war verwildert. Durch die Lücken sah man ein in den nackten Boden gerammtes, bereits verwittertes Metallschild, auf dem gewiß einmal gestanden hatte: »Zu verkaufen«, ein Name und eine

Telefonnummer, von der jetzt nur noch die letzten drei Zahlen zu lesen waren.

»Ich werde es nie erfahren«, sagte ich, »ich werde nie wissen, was es mit der Toten in diesem Haus auf sich hat, noch, was aus jenen wird, die ich hier kennengelernt habe. Die Gegenwart ist für mich ohne Zukunft oder tiefere Bedeutung. Es gibt Begegnungen im Vorübergehen, die eine Weile die Erinnerung beschäftigen, bevor sie verblassen; es gibt hin und wieder Gespräche, die man mit nur flüchtig Bekannten führt, als seien es alte Vertraute – so wie eben jetzt mit Ihnen. Maultiere und Menschen, sagten Sie. Ist das Ihre Geschichte?«

Er legte den Kopf in den Nacken und fing an zu lachen: »Ein wenig schon«, sagte er. »Ich bin in Monterey aufgewachsen, ich hatte als Kind viele Freiheiten. Mein Vater war Biologe, aber eigentlich wuchs ich bei meinen Großeltern in einer baufälligen Siedlung außerhalb der Stadt auf mit kleinen Strolchen, mit Freunden, wie ich später keine mehr gefunden habe. Tagelang streunten wir durch die Wälder oder sammelten Strandgut am Meer. Sie glauben mir wohl nicht, wenn ich Ihnen sage, daß ich Bohnen kochen kann, die fast so gut schmecken wie die Bohnen meiner Großmutter. Draußen neben dem Gemüsegarten stand das Maultier im Hühnerhof. Es mochte die Hühner. Es bewachte und schützte sie vor Dieben. Der Großvater mußte es hinter die Veranda führen, wenn wir ein Huhn schlachten wollten. Eiben gab es da nicht, aber Feigenkakteen voller Cochinelle-Läuse. Wir preßten sie aus und bemalten die Lippen unserer Freundinnen mit dem Karminrot. Wir hatten eine gute Zeit. Nun, die Großeltern sind gestorben, die Siedlung gibt es nicht mehr, die Freunde sind ihre eigenen Wege gegangen, kleine und große Wege. Wissen Sie, alle Begegnungen sind Begegnungen auf Zeit; aber zu sehen, was daraus wird, ist schon wichtig für unser eigenes Leben – nein, nur im Vorübergehen, das würde mir nicht genügen. Schade, daß Sie nicht hier bleiben. Wir hätten uns besser kennenlernen können.«

Es war spät, als J. N. mich in seinem alten Buick zu meinem Hotel zurückbrachte. Unterwegs hörten wir im Radio, daß der vor einigen Tagen ausgebrochene Brand im Hinterland von Malibu außer Kontrolle geraten war. Auch in Santa Monica roch es nach Rauch und nassem Ruß, und der Geruch setzte sich sofort in Kleidern und Haaren fest.

J. N. bot mir seine Gastfreundschaft an, akzeptierte aber, daß ich im Hotel bleiben wollte. Er sah, daß mir die Entscheidung nicht leichtfiel – oder sogar, daß meine Ablehnung ein Reflex der Angst war vor einer Beziehung oder Bindung. Ich selbst war es, der zu wenig Zukunft hatte, um einer Entwicklung zu trauen und an ihr Anteil zu nehmen.

In der Nacht rief Professor Sieberg an: Sämtliche Fernsehstationen berichteten über die Feuersbrunst. Flammengarben, Glutteppiche, Feuerzungen und Fackeln: Manifestationen eines Infernos füllten den Bildschirm. Vom Sturmwind angefacht, bewegte sich ein glühender Saum nach dem anderen hangabwärts. Dann erst folgte die Feuerwalze, in der Bäume und Buschwerk explodierten und Häuser einstürzten, noch bevor die Flammen sie erreicht hatten.
Hin und wieder tauchten im Bild flüchtende Menschen auf wie Schatten im Rauch. Ihre Schreie gingen unter in dem Getöse, dem Krachen, Knattern, Prasseln und Dröhnen. Helikopter und Löschflugzeuge versuchten, das Feuer vor dem Pacific Coast Highway aufzuhalten, auf dem Hunderte von Menschen Zuflucht gesucht hatten. Andere weigerten sich, wie man sah, ihre Häuser zu verlassen; sie wollten ein Schutzschild sein für ihr Eigentum. Verzweifelt richteten sie den Wasserstrahl aus Gartenschläuchen auf Mauern und Dach, bevor sie selbst, zusammen mit ihren Wohnstätten, vom Feuer verschlungen wurden.

Erst eine Woche später flaute der Wind aus den Santa-Ana-Bergen ein wenig ab. Ich hörte, daß die Tree People als erste den Opfern halfen, das Trauma zu überwinden und sich im Leben wieder zurechtzufinden. Die Straßen wurden geräumt, Wasser, Kleider

und Lebensmittel verteilt, Nachbarschaftsbeistand wurde eingerichtet.
Ich fuhr mit Willi in die Hügel hinaus. Wir setzten uns auf eine Schranke am Abhang. Unter den verkohlten Bäumen, auf dem vom Brand verheerten Land, in der Asche, die den Boden handhoch bedeckte, entdeckte ich Samenkapseln, die vielleicht erst durch das Feuer ihre volle Reife erreicht hatten und jetzt nur auf Regen warteten, um sich zu öffnen und einen grünen Keimling freizugeben.
Der Geruch der Feuersbrunst – ein fast unsichtbarer Dunst oder ein giftiges Gas – brannte in den Augen und machte uns das Atmen schwer.
Auf den Straßen unter uns war kein Mensch zu sehen.
Wie würde es hier erst nach einem Erdbeben aussehen?
Die Hügel würden ineinanderfallen, wir stellten es uns vor: Ein großer Teil der Klippe würde mit Häusern und Straßen im Meer versinken. Und wirkten die Leute nicht jetzt schon wie auf der Flucht vor einer noch nicht eingetretenen, kommenden, alles Leben vernichtenden Katastrophe?
Wir hingen unseren Gedanken nach, bis Willi sagte: »Komm, wir denken uns etwas anderes aus. Wenn ich es wirklich will, kann ich mir hier einmal ein Haus bauen, was meinst du? Es wird zwei Stockwerke haben, das obere für dich. Ich brauche keinen Architek-

ten; es wird ein viereckiges Haus. Und vor dem Haus, wie dein Schriftstellerfreund geschrieben hat, soll ein Baum stehen: ›Vor dem Haus steht ein Baum.‹«

IX

In der Methodistenkirche zu Hause wurde nach der Sonntagsschule eine Sammelbüchse herumgereicht, und jedesmal, wenn man eine Münze in den Schlitz steckte, nickte der schwarze Mann auf ihrem Deckel mit dem Kopf. Oder war er, der mit erschrocken aufgerissenen Augen ins Leere sah, gar nicht auf dem Deckel befestigt, sondern selbst der Opferstock?

Das ist nicht wichtig. Ich erinnere mich aber an meinen Zorn über dieses fortwährende Nicken und an meinen inständigen Wunsch, zu sehen, wie der Mann einmal, ein einziges Mal, den Kopf nicht beugt, sondern schüttelt und nein sagt.

Von Zeit zu Zeit ging man, eine Stunde früher, in Sonntagskleidern, mit den Erwachsenen zur Predigt, weil der Bischof angesagt war.

Im Garten hinter der Kapelle blühte die Kapuzinerkresse rot, gelb und orange. Ich lief mit den anderen Kindern zum Brunnen, wir ließen Wassertropfen in die grünen, zu kleinen Bechern geformten Blätter fallen; im Sommerlicht glitzerten sie wie Diamanten. Die Erwachsenen waren vor der Eingangstür der Kapelle stehengeblieben, um auf den Bischof zu warten. Nur meine Mutter durfte den Saal schon betreten, um sich am Harmonium einzurichten. Solange sie gesund war, spielte sie jeden Sonntag das Harmonium zum

Gesang der Gemeinde. In Wirklichkeit war es aber so, daß das Harmonium der Mutter den Gesang nicht begleitete, sondern anführte, ermutigte und zu einem guten Ende führte. Ich war stolz auf sie.
Der Bischof kam nie. Einmal tauchte an seiner Stelle ein Missionar auf mit gelbem Haar und einem dünnen, in zwei Strähnen geteilten Chinesenbart. Er hatte eine heisere, angenehme Stimme, und er erzählte davon, wie die Ungerechtigkeit in der Welt zunehme, während mein Nebenmann mit dem mitgebrachten Zwanzigrappenstück einen Mädchennamen in die Banklehne vor uns kratzte. Wir waren acht Jahre alt, 1938, der Missionar sagte, es werde Krieg geben.

Mit vollem Namen hieß die Kapelle an der Plänkestraße in Biel Evangelische Methodistische Kirche, und sie ist im Telefonbuch auch heute noch ebensoschwer zu finden wie die First African Methodist Episcopal Church an der Ecke Adams/Harvard Street in Los Angeles.
Professor Sieberg kannte die AME Church nur als »Schwarze Kirche der Methodisten« und war nicht sicher, ob dort auch Weiße Zutritt hatten.
Auf meine Bitte hin fand es der Schweizer Generalkonsul heraus und wurde auch gleich zum Gottesdienst am nächsten Sonntag eingeladen, zusammen mit einem weiteren Autor aus der Schweiz und mit mir: Es sei eine Ehre für die Gemeinde, uns zu emp-

fangen, hatte man dem Konsul gesagt. Wir hatten das »*First*« im Namen der Kirche mißverstanden. Es bezog sich nicht auf ihren Rang, sondern auf die Dienste, die sie anbot: »*First to serve*«.

Ich hatte mir den Besuch schon zu Hause vorgenommen, ihn aber immer wieder hinausgeschoben. Es war, auch wenn man Distanz hielt zu seinen Erinnerungen – dem Jauchzen und der Versteinerung, dem Glück und der Angst –, nicht leicht, sich über die Gründe des Zögerns Rechenschaft zu geben: Erziehung und Ausbildung waren verflochten mit erlittener Gewalt; ein Schrecken, der das eigene freie Wesen durch Zähmung oder Domestizierung und durch erzwungene oder erschmeichelte Einübung in Reflexionen, Trennungen und Brechungen ebenso geformt hatte wie Liebe, Freundschaft und Zuneigung.

Dies fiel mir ein, als der Geistliche, der uns als Gäste schon unter der Tür willkommen hieß, sich mit den Worten vorstellte: »Ich spreche ein wenig Französisch, ich habe ein Jahr lang an der Universität in Paris studiert, *j'ai souffert à l'Université de Paris* – denn wir, die Schwarzen, nannten es nicht ›studieren‹, sondern ›leiden‹.«

»Ich verstehe Sie«, sagte ich zu ihm, »schwarz oder weiß, darauf kommt es nicht an; ich bin auch in einer Methodistenwelt aufgewachsen.«

»Das freut mich«, sagte er, »dann gehören Sie zur Familie. Fehlt Ihnen hier etwas? Brauchen Sie eine

Wohnung, brauchen Sie Kleider, Beziehungen, Geld? Wissen Sie, wir können helfen.«

Da war sie wieder, die Einladung, sich fremden Händen auszuliefern.

Der Konsul war ebenso verlegen wie ich. Er drängte darauf, auf einer der langen, schon fast ganz von sonntäglich herausgeputzten Menschen besetzten Bänke Platz zu nehmen.

Wie zu Hause begann auch hier der Gottesdienst mit Musik. Auf der Bühne wiegte sich der Chor zu Liedern, die mir bekannt vorkamen, die ich aber so nie gehört hatte. Es gab kein Harmonium. Die Stimme des Predigers, der, über sein Keyboard gebeugt, die Sängerinnen anfeuerte, steigerte sich durch Bewegung und Rhythmus in eine Trance hinein bis zur Verzückung. Ein Raunen ging durch die Menge, ein Stöhnen, die Hände erhoben sich, klatschten den Takt mit, ein Sprechgesang begann, eine Entfesselung geschah: Ich fühlte mich in Faszination und Grauen hingerissen und abgestoßen zugleich, wie einer, der unter Hypnotisierten zu früh aus der Hypnose erwacht.

Nach dem Gebet wurden Kinder nach vorn gebracht und getauft, Bekehrte gesegnet, neu Zugezogene aufgenommen. Der Vize-Präsident der Wells Fargo-Bank wurde zum Dank für eine große Spende hervorgerufen: »*He didn't have to do it, but he did.*« Zwei Mitglieder einer Arbeitsgemeinschaft traten vor, verurteilten

zwei große Konzerne wegen Rassendiskriminierung und riefen die Gemeinde zum Boykott auf. Ihre Klage wurde vom Chor aufgenommen und verwandelt in jubelndes Lob: »*Praise the Lord, praise the Lord!*«
Die Leute standen auf und umarmten sich. Eine Frau wandte sich um und mir zu. Ihre Schönheit verschlug mir den Atem; es tat weh. Ein Stich ins Herz. Sie lächelte ein wenig über meine Erstarrung.
Dieses Gesicht war mir vertraut, ich erkannte es wieder: Ich hatte es gesehen in einem ethnographischen Museum: eine Bronze-Skulptur, eine Trophäe der Engländer. Es war das Gesicht aus der Hochkultur des Königreichs Benin, das mich jetzt mit einem Blick aus undurchsichtigen Augen ansah, schimmernd wie Obsidian.
Die Frau umarmte mich, ich wagte nicht, die Umarmung zu erwidern. Ich legte meine Wange an die ihre, die sich in derselben Bewegung von der meinen löste.
Hinterher kann man versuchen zu erklären, was mit einem geschehen ist. Man kann es kleinreden, lächerlich machen. Mickrig.

Nein, ich weiß nicht, wie die Frau hieß. Ich kann ihr die Namen geben, die ich will. Wir gingen nicht zusammen weg; Herr Mo, der Pförtner, konnte nicht den Fünfzig-Dollar-Schein als Buße einfordern, die er mir für den Fall angedroht hatte, daß das zweite

Bett in meinem Zimmer von jemand anderem als von der eigenen Ehefrau benutzt werden sollte.
Nur ihr Gesicht blieb lebendig. Es war auch noch da, Jahre später, in den Nächten im Krankenhaus, in denen die Zeit stillstand. Ich schwebte auf meinem Bett, von draußen sickerte schwaches Licht durchs Fenster. Und es war da, auf dem Grund der leeren, grünlich schimmernden Korridore, wo ich das Gehen wieder lernte, mit langen Ruhepausen im Fernsehzimmer ohne Licht; eine junge Frau saß vor dem leeren Bildschirm, schweigend, dunkel und regungslos.
Wir verstehen nicht, was mit uns geschieht.

Der Konsul war mit seinem Freund Marc Omlin schon zum Wagen gegangen, kam jetzt aber zurück, um zu sehen, wo ich geblieben war. Er schien nervös, es war ihm anzusehen, daß er etwas mißbilligte, aber ich wußte nicht, was es war. Schweigend fuhren wir nach Santa Monica zurück. Eigentlich hatten wir geplant, im mexikanischen Restaurant am Pier zusammen zu essen, aber das ließen wir jetzt sein, hungrig war keiner von uns, und Omlin wollte dringliche Veränderungen an dem Vortrag anbringen, den er an mehreren Universitäten des Landes halten sollte. Ich sah, daß er verstört war.
»Morgen geht es mir besser«, sagte er. »Morgen um elf Uhr komme ich zu dir ins Hotel.«

So ging ich allein durch den Park und über die Treppenbrücke zum Strand hinunter. Es war wieder sehr warm geworden. Am Himmel schwammen schwerfällige Wolken mit dunklen Bäuchen. Zwischen ihnen war der Himmel nichts als eine blendende, leere Fläche. Doch schon nach sechs Uhr abends wurde es dunkel. In der zunehmenden Dunkelheit widerspiegelten die Wolken jetzt die Lichterflut der Metropole in rötlichen Farben, und der Himmel dazwischen war unergründlich geworden: Finsternis, Ende November.

Die Touristen auf der Promenade in der 3. Straße waren weg, die Promenade gehörte den Angelinos. Obdachlose richteten sich in ihrem Schlupfwinkel ein und hüllten sich in ihre Decken. Rapper veranstalteten vor jungem Publikum einen Wettbewerb, der Preis war die Kopie des Bildes »Die Geburt der Venus«. Der Pianospieler, der den ganzen Nachmittag hindurch gearbeitet hatte, zählte das Geld genauso wie die Damen der Heilsarmee, die tagsüber unermüdlich um ihren Sammeltopf herumgehüpft waren. Männer und Frauen mit an Bändern befestigten weißen Flügeln gingen vorüber. Neben dem Dinosaurier hatte die Stadtverwaltung einen Weihnachtsbaum mit farbigen Kugeln und breiten Schleifen aufgestellt. Die Restaurants waren fast leer, nur im soeben eröffneten Monsoon drängten sich die Neugierigen. Der diensthabende Polizist schwatzte vor dem Lokal mit

einem Japaner und einem Afroamerikaner in braunen, mit breiten, weißen Kappen verzierten Schuhen. Alle Geräusche waren leise; nur der über Santa Monica stehende Helikopter knatterte laut.
Auf einmal spürte ich eine Vorahnung der Sehnsucht, die ich später einmal haben würde bei der Erinnerung an diese Straße im Spätherbst und an den Bettler an der Ecke, der mich nie als erster grüßte, aber jedesmal, wenn ich vorbeiging, darauf wartete, meinen Gruß erwidern zu können.

Erst am Tag vor seiner Abreise traf ich Omlin wieder, zusammen mit einem bekannten Filmregisseur, der aber schon nach zehn Minuten wegmußte in irgendein Studio. Vom Besuch der Kirche sprachen wir nicht mehr, Omlin war heiter und erzählte von einer Besichtigungsfahrt mit Professor Sieberg zu den historischen Orten in der Stadt. Von den Wohnstätten der berühmten Emigranten hatte ihm das Haus des Komponisten Rachmaninow am besten gefallen.
Es war spät geworden, die Lichter brannten schon, als wir bei dem Kiosk auf der Promenade ankamen, um die Zeitung zu holen, die der Verkäufer immer für mich zur Seite legte. Er winkte uns näher herbei und sagte leise: »Schaut mal, die Frau da an der Ecke ist eine alte Bekannte von mir; sie sucht einen Schweizer Mann.«

Im Halbdunkel war sie nur als Silhouette zu erkennen.
Wir taten so, als hätten wir ihn nicht verstanden. Omlin sagte: »Sie könnte ein Inserat aufgeben, in dieser Zeitung aus Zürich, Schweiz.«
Der Mann im Kiosk tippte ihm mit zwei Fingern auf die Brust: »Sie hat Hunger, Mann«, sagte er. »Seid ihr zwei ein Paar, oder habt ihr kein Herz? Sie kann auch in der Hand lesen, wenn das andere nicht paßt.«
Sie schwankte herbei, als er sie rief, ergriff, ohne ein Wort zu sagen, unsere Hände, warf einen Blick darauf, ließ sie fallen, als hätte sie sich an ihnen verbrannt, zischte dem Verkäufer etwas zu, stampfte mit den Schuhen auf: In der heftigen Bewegung war ihre Perücke verrutscht. Der Schädel darunter war nackt.
Der Verkäufer war zurückgewichen.
»Sie will nicht«, sagte er. »Sie sagt, sie mag heute nicht. Sie hat etwas gesehen, sie ist erschrocken. Das macht zehn Dollar für jeden von euch. Zehn.«

Das ist alles, was ich dazu sagen kann.
Wir verabschiedeten uns am nahen Taxistand. Omlin fuhr nach Westwood zurück. Wir haben uns nicht mehr wiedergesehen.

X

Die großen Ferien fingen mit Thanksgiving an.
Zum Festessen war ich von einer Dozentin an der California State University in Long Beach eingeladen worden. Ihr Mann holte mich am frühen Morgen ab, doch schon auf der Auffahrt zur Autobahn gerieten wir in den Stau der motorisierten Völkerwanderung.
Irgendwo hinter uns wurde geschossen. Alle duckten sich unwillkürlich und hielten nach einem Amokläufer Ausschau, aber es war niemand zu sehen zwischen den auf allen sechs Fahrspuren stehenden Wagen; nur die Schüsse peitschten, rasch hintereinanderfolgende, trockene Knaller.
Wir erreichten Long Beach erst am Mittag. Eine Menschenmenge wogte hin und her, manche Leute, so kam es mir vor, waren mit Paketen beladen, die sie schon vor Tagen gekauft hatten. Auch in der Stadt kamen wir nur langsam voran, und als wir dann endlich das Haus betraten, stand der Truthahn schon längst auf einer elektrischen Heizplatte neben den anderen Platten, die eine alte Tradition, wie die Gastgeberin Jutta sagte, den Köchinnen im Lande so und nicht anders vorschrieb: Preiselbeeren, Kartoffelbrei, Karotten, Erbsen und eine Sauce mit den gerösteten Innereien.

Jörg Steiner
Ein Kirschbaum am Pazifischen Ozean

»Jörg Steiner schenkt uns mit *Ein Kirschbaum am Pazifischen Ozean* ein seltenes Leseglück: Er schreibt Sätze, die vieles hinter sich wissen.« Peter Weber

Santa Monica, Kalifornien: Ein Schweizer Schriftsteller ist für zwei Monate Writer-in-Residence an der University of Southern California – ein Schriftsteller, der nicht über das Leben schreibt, sondern das Leben erzählt.
»Wir verstehen nicht, was mit uns geschieht.« Und will man das nicht kleinreden, dann kann man wie Jörg Steiner erzählen, von anderen und von sich selbst, kann wahrnehmen, was einem widerfährt, klar und präzise das scheinbar Selbstverständliche in den Blick nehmen und ihn zugleich für das Ungewöhnliche öffnen, kann mit großer Gelassenheit den Begebenheiten und Begegnungen ihr Geheimnis belassen und in einer sachten Bewegung Vergangenes und Gegenwärtiges zusammenfügen und bewahren.
»So lernte ich Willi, Wolfgangs Bruder, näher kennen. Ich hätte nicht Wolfgangs Geschichte geschrieben, sondern seine, sagte Willi. Er sei in der Prager-Familie in einer Glückshaut geboren, er sei das Good-Luck-Child – und er lachte und strahlte über das ganze Gesicht, tatsächlich wie ein Kind im Märchen. Willi hatte ein Geheimnis, Willi war der Eismacher.«

Jörg Steiner, geboren 1930, ist Schriftsteller. Er lebt in Biel. Sein literarisches Werk wurde vielfach ausgezeichnet, unter anderem mit dem Max-Frisch-Preis der Stadt Zürich 2002.
Zuletzt erschienen *Wer tanzt schon zu Musik von Schostakowitsch* (2000) und *Mit deiner Stimme überlebe ich* (2005).

In gleicher Ausstattung liegen vor:

Beckett, Samuel: Die Welt und die Hose
Bernhard, Thomas: Ereignisse
Bitow, Andrej: Geschmack
Borchers, Elisabeth: Zeit. Zeit
Braun, Volker: Bodenloser Satz
– Die vier Werkzeugmacher
– Iphigenie in Freiheit
Duras, Marguerite: C'est tout. Das ist alles
Enzensberger, Hans Magnus: Aussichten auf den Bürgerkrieg
– Die Große Wanderung
– Voltaires Neffe
Fritsch, Werner: Enigma Emmy Göring
– Nico
Grünbein, Durs: Berenice
– Den Teuren Toten
Gstrein, Norbert: Wem gehört eine Geschichte?
Hildesheimer, Wolfgang: Rede an die Jugend
Jonas, Hans: Philosophie. Rückschau und Vorschau …
Kirchhoff, Bodo: Der Ansager einer Stripteasenummer …
Koeppen, Wolfgang: Es war einmal in Masuren
Krauß, Angela: Der Dienst
Leutenegger: Gleich nach dem Gotthard kommt der Mailänder Dom
Mayröcker, Friederike: Requiem für Ernst Jandl
Meier, Gerhard: Ob die Granatbäume blühen
Muschg, Adolf: Nur ausziehen wollte sie sich nicht
Narbikova, Valeria: Wettlauf. Lauf
Nizon, Paul: Abschied von Europa
Nooteboom, Cees: Kinderspiele
Oz, Amos: Der Berg des bösen Rates
Paz, Octavio: Itinerarium. Kleine politische Autobiographie
– Lektüre und Kontemplation
Reinshagen, Gerlind: Die Frau und die Stadt
– Joint Venture
Rothmann, Ralf: Berlin Blues
Schmidt, Arno: Die Umsiedler
Seiler, Lutz: Turksib
Steiner, Jörg: Ein Kirschbaum am Pazifischen Ozean
Vargas Llosa, Mario: Geheime Geschichte eines Romans
Zschorsch, Gerald: Czerwonka

Suhrkamp Verlag

Ein Kakadu, der eingeschüchtert in seinem Käfig saß, ließ uns keinen Augenblick aus den Augen.
»So ist es jedes Jahr«, sagte sie, als wir uns an den Tisch setzten. »Er hat Angst. Wahrscheinlich erkennt er den Truthahn als Artgenossen. Wir wissen, daß Kakadus nicht gebraten werden, aber weiß er es, und kann er sich denken, daß wir es wissen?«
Dann aber, als sie ihm während des Essens ein Knöchelchen zum Spielen brachte, es langsam, so daß er dem Vorgang folgen konnte, von ihrem Teller nahm und zwischen die Stäbe seines Käfigs steckte, verlor er augenblicklich jede Furcht. Er stieß die Käfigtür auf, flatterte durchs Zimmer, landete auf meiner Schulter, richtete den Federschopf auf und fing an zu schwatzen, dicht an meinem Ohr, vertraulich wie ein Einflüsterer oder ein Verführer: Es waren atemlose Laute, es war die Verhöhnung einer Sprache, und ich schaute auf, um zu sehen, ob es die anderen auch erkannt hatten: Er ahmte meinen Ton nach, meine beengte Stimme, mein miserables Englisch. Niemand lachte.
Schließlich stand die Gastgeberin auf, nahm den Vogel von meiner Schulter, brachte ihn in seinen Käfig zurück, deckte ihn mit einem Tuch zu und schlug vor, einen Verdauungsspaziergang zu machen zu den mit Lichterketten geschmückten Märchenschlössern nahe der Küste: den getarnten Ölpumpen und Bohrtürmen.

Der frühe Abend war warm, das Gehen beruhigte mich. Wir redeten ein wenig über die vergangenen Tage und meine Nachtwachen.
Jutta hatte mit ihren Beiträgen viel zum Gelingen des Seminars beigetragen. Sie fragte mich nach meiner Frau – Silvia, das war doch ihr Name? – und ob sie zu unserem letzten Treffen vielleicht auch kommen könnte? Wann sie überhaupt hier eintreffe? Es sei meine Schuld, daß sie so neugierig sei, weil ich aus allem Privaten ein solches Geheimnis mache.
»Ich kenne das«, sagte ich, »es ist immer meine Schuld. Morgen kommt sie an, ich werde sie mitbringen; aber wenn ihr nicht freundlich seid oder sie hochmütig behandelt, gehe ich gleich wieder weg mit ihr.«
»Das werden Sie nicht tun«, sagte sie. »Ich bin nämlich für das Essen an diesem letzten Abend verantwortlich, und Sie, bitte, sorgen für den Rotwein und einen Korkenzieher. Wir wollen einen festlichen Abschied haben. Sie werden die Seminarscheine der Teilnehmer unterschreiben und unsere Geschenke auspakken. Ihre Frau wird sich bei uns wohl fühlen, denke ich. Ist sie schüchtern?«
»Ja, natürlich«, sagte ich, »aber wenn sie einen Raum betritt, ist es so, als ginge ein Licht an. Sie hat eine Begabung zur Freude, eben: Silvias Freude. Sie werden es verstehen, wenn Sie sie sehen.«

Am letzten Samstag im November herrschte in den Abfertigungshallen des Flughafens immer noch ein unbeschreibliches Durcheinander. Atemlose Lautsprecherstimmen trieben die Masse von einer Ecke in die andere, warnten vor Dieben, riefen verspätete Passagiere aus, meldeten einen versuchten Anschlag in Halle sechs und beschworen die Reisenden, Ruhe und Ordnung zu bewahren.
Im größten Gedränge, ganz für sich allein, ein einzelnes Wesen in der Menschenmenge, erschien Silvia im Tor der Zollausgänge.

Nachdem wir uns begrüßt hatten, fuhren wir nicht gleich nach Santa Monica. Um sich nach dem Ankommen zurechtzufinden, sollte ein wenig Zeit vergehen, und so setzten wir uns am Drahtzaun, der die Autostraße zum Sepulveda Boulevard vom Gelände des Internationalen Flughafens trennt, auf Silvias Koffer.
Wir redeten und schwiegen zusammen, während landende und startende Flugzeuge über unsere Köpfe hinwegflogen, zischend bei der Landung und brüllend aufgerichtet beim Start.
Als sie mich nach meinen Begegnungen fragte, erzählte ich ihr von dem afrikanischen Gesicht, von der Schriftstellerin Mirjam und von Andreas Lamberts Dämonen.
Schon bald würde das junge Grün über die Hügel von

Malibu hinwegfließen, Willi, das Glückskind, würde eine Eisfabrik in Culver City leiten, die Promenade in der 3. Straße wäre mit ihren Versorgungswegen auf überholten Stadtplänen kaum mehr zu erkennen, das Bild der Toten im Haus an der Hoover Street würde sich mit dem Schatten der Toten von Beverly Hills in den schwermütigen Erinnerungen Professor Siebergs verbinden, in meinen eigenen noch eine Weile weiterrumoren und dann, ganz allmählich, verblassen.

Der Kirschbaum aber im Armenviertel der Innenstadt blüht weiß im Frühling und verwandelt sich im Herbst zu einer lodernden Fackel. Aus den Rissen des Kropfes an seinem geschwärzten Stamm fließt und verklumpt sich das bernsteinfarbene Harz.

Auf dem Polaroidfoto, jetzt in Silvias Hand, ist es nicht zu sehen.